사는 건 피곤하지만
그래도 오늘이 좋아

사는 건 피곤하지만
그래도 오늘이 좋아

초판 1쇄 인쇄 2022년 8월 16일
초판 1쇄 발행 2022년 8월 30일

엮은이 | 서재경
펴낸이 | 金湞珉
펴낸곳 | 북로그컴퍼니
책임편집 | 김나정
디자인 | 김승은
주소 | 서울시 마포구 와우산로 44 (상수동), 3층
전화 | 02-738-0214
팩스 | 02-738-1030
등록 | 제2010-000174호

ISBN 979-11-6803-037-4 03810

매일 후회하며 땅을 파는 내향인의 기특한 세상살이법

사는 건 피곤하지만 그래도 오늘이 좋아

서재경 지음

북로그컴퍼니

안녕하세요.

트렌드를 소개하는 미디어에서

에디터로 일하고 있는 서재경입니다.

트렌드를 소개한다니? 에디터라니?

〈악마는 프라다를 입는다〉의 미란다 편집장처럼

당당하다 못해 도도한

할 말 다하는 이미지를 떠올렸나요?

그렇다면 오해입니다.

전 제 모습이, 제 행동이, 제 말이

다른 사람에게 어떻게 보일지

시시때때로 눈치 보고 걱정하는 사람이에요.

매사에 후회도 많고 생각도 많은

흔한 I형 인간, 내향인이죠.

저 사람은 왜 이렇게 깜빡이 없이 훅 들어오지?

낯선 사람과 함께인 자리가 너무 불편해.

친구에게 그 말 괜히 한 것 같아.

어제 실수했는데 계속 맘에 걸리네.

내가 쓴 기사에 악플이 달리면 어쩌지?

이런 생각을

하루에도 수없이 하는 제가

어찌나 피곤한지.

그땐 왜 그랬을까?

난 뭐가 문제지?

내 인생은 대체 왜 이럴까?

스스로에게 종종 묻고는 해요.

이 질문들에 대한 답을

수십 개씩 떠올려보다가

결국 땅을 파고 들어가 숨죠.

그러다 문득 떠올랐어요.

이런 나를 바꿀 수 없다면

잘 데리고 살아갈 방법을 찾아보자고.

소심하고, 생각 많고, 걱정 가득한 나를

잘 달래줄 수 있는 기특한 생각들을 찾아보자고.

그 기특한 생각들로

#내향적인

#소심한

#관계를 맺는 데 시간이 걸리는

#표현하는 데 익숙하지 않은

#하고 싶은 말을 내뱉기보다는 삼키는

제 자신을

다독여주고 인정해주며

온전한 나로 살 거예요.

남을 좇으려 애쓰지 않고

맘에 들지 않는 나의 일면을 부정하지 않고

너무 뜨겁지도, 너무 차갑지도 않은

나에게 딱 맞는 온도에서 평온하게 살아가기.

여전히 사는 건 피곤하지만

그래도 저는

오늘이 좋아요.

프롤로그

나를 바꾸지 않고도
나와 친하게 잘 사는 법

이것은 에세이인가, 반성문인가, 참회록인가.

다 쓴 원고를 읽어보다가 문득 든 생각이다. 글 속의 '나'는 없는 걱정은 만들어서, 잘한 일도 굳이 후회를 덧붙여 하는 사람이었다. 제삼자였다면 이런 생각이 절로 들었을 거다.

'얘 참 피곤하게 사네.'

한때는 이런 성격이 나의 내향성 때문이라고 생각했

다. 낯가리고, 사람들 속에 있는 걸 불편해하고, 그러다 보니 실수를 일삼게 되고, 그 실수로 생각이 많아지고, 결국에는 만사를 후회하게 되는 악순환의 굴레. 어릴 땐 이런 내가 맘에 들지 않아서 외향인 코스프레를 하기도 했다. 그 시절 나에게 내향성은 일단은 숨겼다가 결국에는 고쳐야 할 대상이었다.

내향적인 내가 싫었던 배경에는 분명 세상의 영향도 있었다. 사회가 외향인을 은근히 더 선호한다는 사실을 어릴 때부터 눈치로 알았으니까. '성격 좋다' '명랑하다'는 칭찬은 사람들과 잘 어울리는 활발한 외향인만이 얻을 수 있는 수식어였다. 조용하며 나서기를 싫어하는 나 같은 내향인에게 허락된 수식어라고는 '소심하다' '수줍음이 많다'와 같이 다소 부정적이거나, 좋지도 나쁘지도 않은 어감의 중립적인 말들뿐이었다.

요즘은 이러한 '외향인 선호 사상'이 좀 더 노골적으로 자리를 잡은 듯하다. 몇 해 전부터 유행하기 시작한

MBTI의 영향이 크다. 신입 사원을 뽑는 자리에서 MBTI를 묻는가 하면, 한 카페에서는 아르바이트생 공고에 '외향형(E)만 지원하라'는 내용을 대놓고 써서 한차례 논란이 되기도 했다. 외향인이 손님들과 소통도 잘하고 업무 적응력도 빠를 것 같아서라나 뭐라나.

사회가 이렇다 보니 내향적인 성격을 고민하는 사람들이 부쩍 늘어났음을 느낀다. 에디터로 일하며 젊은 층을 인터뷰하거나, 이들의 문화를 취재할 기회가 많은데 이런 걱정을 하는 사람들이 꽤 있었다.

"스스로가 답답하게 느껴져요."

"낯가리고 수줍음 많은 성격을 어떻게 고치죠?"

나 역시 여전히 이 고민에서 자유롭지 못하지만, 내향성을 안고 30여 년을 살며 알게 된 사실이 있다. 사람은 쉽게 달라지지 않는다는 것. 고로 나는 이 성격을 드라마틱하게 바꿀 수는 없을 거라는 것. 그렇다면 답은 하나다. 이런 나와도 잘 지내는 법 터득하기!

굳이 나를 뜯어고치려 애쓰지 않고, 필요할 때는 나만의 방식으로 '정신 승리'도 좀 해가면서 사는 거다. 내 성격 그대로 살되 마음은 좀 편안해질 수 있도록. 다만 정신 승리의 어감이 썩 좋지는 않으니 이를 그럴싸한 표현으로 바꿔 부르기로 했다. 이름하여 '기특한 세상살이법'.

나만 빼고 다 특별하고 잘난 것 같다는 소심한 생각이 들 때면 도리어 '내 목표는 세상에서 제일 평범해지는 것'이라고 마음속으로 읊조린다. 이 평범하디평범한 목표를 자꾸 상기하다 보면 매사에 조금은 덜 주저하게 된다. 사람들 앞에서 낯가리고 긴장하는 내가 싫어질 때면 '내가 좋아하는 내 모습'을 꺼내주는 친구들을 만나 실컷 헛소리를 한다. 시답잖은 농담을 던지며 낄낄대다 보면 '이런 나'도, '저런 나'도 다 나임을 받아들이는 게 한결 쉬워지므로. 남들보다 포기가 빠른 내가 한심해질 땐 포기를 잘한 덕분에 좀 더 빨리 나은 선택을 할 수 있었다고 생각해버린다. 한발 나아가 '내 장점은 포기를 잘하는 것'이라고 속으로 외치기도 한다. 이러한 기특한 생각들로 나는 전보다 나와 잘 지내고 있다. 그렇다. 적당한 정신 승리는 정신 건강에 이로운 법이다!

아마 앞으로도 나는 낯가리고, 사람들 속에서 긴장하고, 그래서 종종 실수를 하고, 이따금씩 후회도 하는 삶을 살아갈 거다. 그럼에도 분명한 건 내향적인 나를 부정하거나 외향인이 되려는 쓸데없는 노력 따위는 이제 하지 않을 거라는 점이다. 단점이라 여겼던 나의 내향적인 면모들을 이제는 좀 다르게 바라볼 수 있게 됐으니까. 땅이 꺼져라 한숨을 내쉬는 날도 분명 있겠지만 혼자 땅을 파고 들어가 우울해하고만 있지는 않을 거다. 너무 소란스럽지 않은 내가, 매사에 조심스러운 내가, 걱정과 후회를 일삼지만 이제는 적당히 정신 승리도 할 줄 알게 된 내가, 나는 마음에 든다.

(내향인이라고 해서 다 나와 같지는 않겠지만) 나와 비슷한 고민을 해봤을 세상의 모든 내향인들이 무리하지 말고 각자의 페이스에 맞게 살아갔으면 좋겠다.

이 글이 나를 포함한 모든 내향인에게 응원으로 읽히기를 희망한다.

차 례

1장

✦ 나는 나랑 제일 잘 지내고 싶다

마음이 끓는 온도가
각자 다를 뿐

"어떤 영화를 제일 좋아하세요?"

세상에서 가장 뻔한 질문 앞에서도 가끔 말문이 막히곤 한다.

'OOO 감독의 영화를 좋아한다고 할까? 아냐, 그렇게 말하기엔 난 그 감독의 영화를 다 보지도 못했어. 내가 안 본 영화 얘기가 나오면 망신만 당할 거야. 그럼 그냥 OO 장르를 좋아한다고 답할까? 그런데 그 장르의 역사를 물어보면? 난 잘 모르는데.'

머릿속에서 이런 고민들이 어지러이 떠다니는 동안 내 답변은 점점 늦어져만 간다. 그러다 상대방이 나의 침묵에 머쓱할 때쯤 힘겹게 입을 뗀다.

"저는… 그냥 안 가리고 다 좋아해요."

이렇게 세상 재미없고 뭉툭한 답변을 내놓을 때마다 뭐든 깊게 파고드는 사람들이 부러웠다. 좋아하는 대상에 몰두하는 끈기와 누가 물어도 "아 그건 말이지…."라며 막힘없이 썰을 풀어놓는 정보력까지. 눈을 반짝이며 좋아하는 것에 대해 말하는 사람들을 볼 때면 마음이 한없이 쪼그라들었다. 끈기가 부족한 나는 뭔가에 꽂혀도 그 열정이 3개월 이상 가지 못했고 이내 다른 대상에 눈을 돌리기 일쑤였기 때문이다.

이런 나와 달리 친구 K는 하나에 빠지면 뭐든 끝을 보고야 마는 성격이다. K가 그림 그리는 걸 좋아하게 됐다 치자. 그럼 K는 낙서를 끄적거리는 수준에서 끝내지 않고, 태블릿을 사서 본격적으로 웹툰을 그릴 정도로 깊숙이 파고들고는 했다. 이런 K가 얼마 전 새롭게 빠진 대상은 바로 '서핑'이다. 몇 년 전 서핑에 입문한 K는 여름만 되면 서퍼들의 성지라는 양양과 부산의 바다를 오가며 서핑을 즐기기 시작했다. 그것만으로도 '얘 참 대단하네.'라고 생각했는데 하다 하다 서핑하러 호주까지 다녀와 날 놀라게 했다.

이쯤에서 반전 하나는 내가 K보다 1년 먼저 서핑을 배웠다는 것. 그리고 여기서 더 반전은 나는 아직도 파도를 제대로 된 자세로 타지 못한다는 사실.

당연한 결과다. K가 서핑에 꽂혀 여러 번 바다를 오가고 서핑 트립까지 떠나며 명실상부 '서핑 마니아'가 되어가는 동안 나는 고작 두어 번 더 바다를 찾았을 뿐이니까.

언제나 그렇듯 K와 달리 나는 뜨뜻미지근하게 서핑의

주변부만 맴돌았다. 그러나 의외인 건 몇 번 안 되는 서핑의 추억을 떠올릴 때마다 '그때 참 재밌었지.'라는 생각과 함께 입가에 미소가 걸린다는 거다.

이런 내 모습을 보며 생각했다. K만큼 뜨겁진 않지만 나도 내 나름의 방식으로 서핑을 좋아하는 건 아닐까, 하고. 몇 번 타보진 않았지만 보드에 엎드려 패들링을 하고, 폼나게 서핑슈트를 입고 백사장 위를 걷는 건 꽤 신났다. 운동 신경이 별로인 탓에 멋진 자세로 유유히 파도를 가르진 못했지만, 물살에 나를 맡기고 보드 위에 누워 둥둥 떠다니는 순간은 나쁘지 않았다. 나는 분명 서핑을 하는 내내 즐거웠다.

그럼에도 나는 K만 서핑을 '좋아한다'고 말할 자격이 있다고 생각했다. 정말 그럴까? 곰곰이 생각해보다가 나름의 답을 내렸다. K처럼 서핑을 좋아하는 사람이 있는가 하면, 나처럼 서핑을 좋아하는 사람도 있는 거라고.

당연한 말이지만 '좋아함'의 방식은 사람마다 다르다. 액체마다 끓는점이 다르듯 누군가는 100도에서 펄펄 끓는 마음으로, 누군가는 36도에서 적당히 끓는 마음으로 뭔가를 좋아할 수 있다. 그저 마음이 끓는 온도가 각자 다른 것일 뿐.

그동안 나는 '좋아한다'고 말하려면 그 대상에 열렬히 끓는 마음을 가지거나, 누가 뭘 물어봐도 척척 답할 수 있을 정도로 잘 알아야 한다고 믿었다. 그러니까 좋아하는 데에 어떤 자격 같은 게 필요하다고 생각했던 것 같다. 그래서 내 마음이 가는 대로 좋아한다고 말하지 못하고, 속으로 '이게 좋아하는 게 맞나?' 하고 자꾸 마음의 온도를 잰 것이다. 하지만 이제는 인정하려 한다. 나는 원래 뭔가에 그렇게 뜨거운 사람은 아니라고. 하지만 분명 내 나름의 온도를 갖고 있다고. '뜨뜻미지근'한 온도가 내가 무언가를 좋아하기에 딱 적당한 온도라는 것을 말이다.

무언가에 뜨겁게 빠져드는 마음만이 좋아함의 기준점은 아닐 거다. 각자 본인에게 알맞은 좋아함의 온도가 있겠지. 그러니 부럽다고 남들을 따라 무리해가며 내 마음의 끓는점을 높이려 하지 않을 거다. 지금처럼 주변부만 맴돌아도 나만 즐거우면 된다는 마음으로 뭔가를 좋아해야지.

나에게 필요했던 건 '좋아하는 마음' 그 자체가 아니라, 그 정도의 마음만으로도 '좋아한다고 말할 수 있는 용기'였을지도 모른다. 그러니 앞으로 누군가 내게 OO을 좋아하냐고 물으면, 좋아한다고 답할 수 있는 용기를 내봐야겠다. 다른 사람들처럼 그것을 잘하거나 완벽히 알지는 못해도 나는 나만의 온도로 그 대상을 충실히 좋아하고 있는 걸 테니까.

내가 쓴 글만큼
좋은 사람이 될 수 있다면

한동안 (지금은 긴 휴간에 들어간) 잡지 만드는 일을 했다. 당시 한 달에 한 번 정도 에디터들끼리 돌아가며 에세이를 쓰는 코너가 있었는데, 사실 그 코너에 투입되기 전까지는 지면에 온전히 '내 얘기'를 풀어낸 적이 없었다. 쓰는 건 나였지만, 주제는 대체로 남들 얘기였다. 대학생이 주 독자층인 잡지라 20대들이 관심 있어 할 주제로 기획 기사를 내거나 책, 영화, 음악 등을 추천하는 글을 주로 썼기 때문이다. 때때로 만나고 싶던 분들과 인터뷰를 하고, 기사에 한두 줄 내 감상을 덧붙이기는 했지만 그걸 내 얘기라고 보기는 어려웠다.

그랬기에 에세이를 쓰는 일은 생경했고, 부담스러웠다. 무엇보다 갓 성인이 된 20대 독자들에게 인생 선배로서 조금이라도 도움이 되는 말을 해줘야 한다는 압박이 나를 짓눌렀다. (누가 강요한 적도 없는데 괜히 그랬다.) 그래서 매번 내 머릿속을 떠도는 뿌옇고 부정적인 생각들은 걷어내고, 좋은 생각들만 골라 글을 썼다. 그렇게 마감하고 나면 이따금씩 죄책감이 들었다. 완성된 내 글 속의 나는 늘 실제의 나보다 더 좋은 사람처럼 보여서. 거짓말을 한 건 아니지만 나는 그렇게까지 괜찮은 사람이 아닌데. 내 안의 얼마 안 되는 좋은 부분만 똑 떼어내 남들에게 "이게 나요!" 확대해서 보여줘도 되는 건지 내내 고민됐다. 독자들이 내가 쓴 글에 호의적인 댓글을 달아줄 때면 특히 더 마음이 콕콕 쑤셨다.

찔리는 걸 넘어 문득 두려운 마음이 들 때도 있었다. 나중에 혹시라도 '인용 공격'을 받게 될까 봐. 인용 공격은 정세랑 작가의 소설 《시선으로부터,》에 등장하는 표현으로 자신이 썼던 글을 근거로 남에게 받는 공격을 뜻한다. 이 소설의 주인공 심시선 여사는 과거 자신이 책에 썼거나 인터뷰 때 했던 말들로 자식들에게 장난 어린 인용 공격을 받는다. "엄마가 책에 그렇게 써놓고 이렇게 행동하면 안 되지!" 하는 식으로. 내가 소설 속 심시선 여사만큼 유명하거나 많은 말과 글을 세상에 공개한 건 아니지만 그래도 걱정스러웠다. 혹시 지인이 우연찮게 내 글을 읽고 "너 네가 쓴 것처럼 안 살잖아?"라고 비꼬면 어떡하나 싶어서.

에세이를 쓸 때마다 늘 마음 한편이 찜찜하던 나를 해방시켜준 건 우연히 보게 된 유튜브 영상 속 정영수 작가의 한 마디였다.

"내가 쓴 글은 늘 나보다 더 낫다."

그의 말을 빌리자면, 글을 쓴다는 건 더 나은 나를 만나기 위한 과정이므로 내가 쓴 글은 항상 나보다 더 나을 수밖에 없다고 했다. 오히려 작가는 그 과정이 좋아 글을 쓴다고 했다. 나는 글 속의 나보다 내가 못난 사람일까 봐, 그걸 들킬까 봐 늘 전전긍긍했는데, 누군가는 그 과정을 당연히 여기며 성장의 자양분으로 삼고 있었던 거다.

그 말에 힌트를 얻어 목표 아닌 목표를 세웠다. 내가 쓴 글 속의 나만큼 내가 좋은 사람이 아니라고 해서 죄책감 갖지 않기. 대신 글 속의 나만큼 좋은 사람이 되기 위해 하루하루 조금 더 노력하며 살기.

늘 환하고 밝은 생각만 하며 사는 사람은 없을 거다. 내 마음 역시 어떤 날은 세상을 다 비출 만큼 밝았다가 어떤 날은 종말이 올 것처럼 어두워지기도 한다. 갠 날과 흐린 날이 번갈아 오듯이 당연한 일이다. 나는 지금껏 내면 깊숙한 곳 가장 어두운 나만이 '진짜 나'라고 믿었는지도 모르겠다. 어두운 나도, 밝은 나도 결국은 다 나인데.

가수 아이유는 자신의 자작곡 〈마음〉을 두고 "이 곡은 제 마음속 가장 좋은 부분만 뜰채로 떠서 만들었어요."라고 말했다. 그리고 그는 언젠가 자신이 세상을 떠날 때 사람들이 이 곡으로 자신을 기억해줬으면 좋겠다고 했다. 이 얘기를 듣고, 나도 나의 가장 좋은 부분을 부지런히 뜰채로 건져 올리고 싶다고 생각했다. 그리하여 두렵더라도, 뜰채로 건져 올린 나의 예쁜 마음에 대해 꾸준히 얘기하는 사람이 됐으면 좋겠다. 까짓것 인용 공격 좀 당하더라도, 지금 떠오른 좋은 생각을 기록한다는 마음으로 꾸준히 글을 써나가고 싶다. 설사 그게 잠시 스쳐 지나가는 생각일지라도, 이 편린 역시 나의 일부분인 건 맞을 테니까.

이렇게 마음먹고 나면 글을 쓰는 일이 조금은 견딜 만하다. 스스로가 너무 작게 느껴지거나 별것 아닌 존재로 여겨질 때, 혹은 나 같은 사람이 글을 써도 되는 걸까 고민될 때, 쓰는 만큼 좋은 사람이 되고 싶다는 마음으로 게을러지지 말아야겠다. 그러다 보면 언젠가는 쓰는 만큼 좋은 사람이 되어 있을지도 모를 일이다.

배부른 소리가
때로는 나를 살린다

2019년, 엄마는 위암 4기를 선고받았다. 유방암 완치 판정을 받은 지 불과 몇 달 만에 엄마에게 찾아온 두 번째 암이었다. 믿을 수 없는 불행을 마주한 나는 무너져 내리는 일상과 씨름하며 지냈다. 회사 일만으로도 벅차던 나에게 엄마를 간호해야 한다는 과업이 생겼기 때문이다. 첫 1년은 엄마를 꼭 살리고 말겠다는 다짐으로 나름 꿋꿋하게 버텼다. 아침잠 많은 내가 일찍 일어나 나물을 무치고 된장찌개를 끓이며 엄마에게 아침밥을 지어 먹이는 과정은 보람되기도 했다. 그때까지만 해도 이 마음으로 엄마를 내내 잘 돌볼 수 있을 줄 알았다. 긴 병에 효자 없다는 옛말을 믿지 않았다.

그렇게 한 해가 지나고, 언제 끝날지 모르는 사투에 단단하던 나도 조금씩 지쳐갔다. 어떤 날은 늦은 시간까지 못다 쓴 기사를 마감하고, 잠깐 눈을 붙인 후에 일어나 아침을 차렸다. 그리고 피곤에 절어 출근해서는 또 야근을 하고 돌아와 저녁을 차리는 일상이 자주 반복됐다. 몸도, 마음도 너덜너덜한 날에는 배달 음식을 주문했는데 그건 또 그것대로 스트레스였다. 아픈 엄마에게 조미료가 잔뜩 든 음식을 먹이다니. 죄책감이 밀려왔다. 워킹맘의 심정이 이런 걸까 싶었다. 그나마 워킹맘 곁엔 점점 자라나는 아이들이라도 있지, 내 곁엔 점점 더 건강이 악화되어가는 엄마가 있었다. 엄마는 우리 딸 충분히 잘하고 있다고, 고맙다고 말해주는데도 엄마에게 미안한 날들이 계속 쌓여갔다.

내 노력이 엄마의 건강과 반비례하는 건 아닐까 가끔 우울한 생각이 들기도 했다. 엄마가 두어 달에 한 번씩 CT 촬영 결과를 들으러 가는 날이면, 새벽까지 잠들지 못하고 울면서 기도했다.

“제발 엄마의 암이 그 자리에 가만히 있게만 해주세요. 작아지지 않아도 좋아요. 제발 커지지만 않게 해주세요.”

그러나 살면서 이미 너무 많은 걸 빌어서일까. 내 기도발은 좀처럼 먹히지 않았다. 한동안 전이 없이 활동을 멈추고 있던 엄마의 암이 위에서 간으로, 간에서 폐로 점점 세력을 확장해나갔다. 노력해도 나아지지 않는 상황에 엄마와 아빠, 동생과 나는 점점 더 지쳐갔다.

그때 나에게 가장 간절했던 건 더도 덜도 아닌 평범한 일상이었다. 퇴근하고 집에 돌아와 TV 좀 보다가 11시쯤

잠드는 무료하고 별거 없는 일상. 그런 삶에서 벗어나고 싶다고 늘 생각했는데 갑자기 닥친 큰 불행 앞에서 평범한 일상이 너무 그리워졌다. 적당히 늦잠도 자고 게으름도 피우고 싶은데. 친구들 만나서 수다도 떨고 맥주도 마시고 싶은데. 그럴 틈이 주어지지 않는 빽빽한 침엽수림 같은 일상 속에서 나는 햇볕을 쬐지 못해 시들어가고 있었다.

더욱 슬픈 건, 스스로 평범 이하의 삶을 살고 있다고 생각할수록 주변 사람들이 건네는 다정한 말이 '배부른 소리'처럼 들리기 시작했다는 거다. 얼굴 보고 수다 떨며 맛있는 거 먹자는 지인의 말이, 엄마만 돌보지 말고 네 시간도 좀 가지라는 선생님의 말씀이, 여름에 휴가 쓰고 같이 여행 가서 좀 쉬자는 친한 친구의 말이 그랬다. 나를 진정으로 위해주는 그 말들이 어떤 날은 버거웠다. 겉으로는 고개를 끄덕였지만 마음속으로는 '내가 이 상황에서 어떻게 그래.' 외칠 뿐이었다.

그렇지만 마음이 저 바닥까지 가라앉을 기미가 보일 때면 억지로라도 그 배부른 소리를 따르기도 했다. 가끔 친구들을 만나 맛있는 걸 먹으며 별일 없는 듯 수다를 떨었고,

때때로 저녁 시간에 혼자 방에서 라디오를 듣고 책을 읽으며 내 시간을 가졌다. 유튜브 영상을 보며 낄낄거리기도 했다. 하늘이 예쁜 날에는 밀린 일을 제쳐두고 엄마와 산책을 나갔다. 많이 걷고 몇 걸음에 한 번씩 하늘을 봤다. 사치라고 생각했던 이 시간들이, 신기하게도 조금이나마 숨통을 트여줄 때가 많았다. 괜찮은 시늉이라도 하기 위해 따랐던 그 배부른 소리들 덕분에 나는 숨 쉴 수 있었던 거다.

2년간의 투병 생활 끝에 작년 6월, 엄마는 가족들이 지켜보는 가운데 천천히 숨을 거두었다. 내가 가장 사랑했던 사람을, 나와 가장 친했던 친구를 이제 다시 볼 수 없다는 사실이 여전히 믿기지 않지만, 엄마가 생각나면 참지 않고 충분히 슬퍼하며 애도하는 중이다. 불행했던 시간 속에서 그나마 다행인 건 엄마는 잃었지만, 그때 그 배부른 소리들 덕분에 나까지 잃지는 않았다는 거다. 나를 다잡아준, 옆에서 배부른 소리를 건네준 주변 사람들에게 고맙다. 그리고 무엇보다 그들이 건넨 배부른 소리를 그냥 흘려보내지 않고 가끔씩은 귀담아들었던 나에게도 고맙고 수고했다는 말을 해주고 싶다.

꿩 대신 닭이어도 괜찮아

취업 준비를 할 때 정말 많은 공채 시험에 응시했다. 그리고 다 떨어졌다! 서류에서 여러 번, 필기에서 여러 번, 면접에서 여러 번. 그 무수한 여러 번을 거쳐 마침내 한 회사에서 연락이 왔다. 최종 면접 이후에 걸려온 전화였기에 당연히 합격 통보일 거라 생각했다. 보통 탈락 안내는 메일이나 문자로 오는 경우가 많으니까.

그런데 나의 면접 결과는 합격도, 불합격도 아니었다. 통화 내용을 요약하자면 이랬다. 내가 지원한 포지션에는 이미 다른 지원자가 합격했다, 그런데 다른 포지션에는 정원 여유가 있다, 면접 때 인상이 좋아서 다른 포지션도 괜찮다면 함께 일해보고 싶다…. 동그라미도 엑스도 아닌, 세모의 결과를 받아 들고 기분이 묘했다. 하지만 당시의 나는 장기 취업 준비생 신분으로 찬밥도 가리지 않고 우걱우걱 퍼먹어야 하는 상황이라 출근하겠다고 의사를 밝혔다.

사실 첫 취업뿐 아니라 꽤 많은 문턱 앞에서 나는 주로 꿩이 아닌 닭이 되고는 했다. 학교 다닐 때 했던 알바도 나보다 먼저 뽑혔던 사람이 그만두는 바람에 구할 수 있었다. 두어 달 전쯤 제출했던 이력서를 보고 뒤늦게 "혹시 아직도 이 일 하고 싶어요?"라며 연락이 왔던 거다. 첫 회사를 나와 두 번째 회사로 이직했을 땐 웬일로 꽤 높은 경쟁률을 뚫고 한 방에 합격했지만 정규직이 아닌 계약직 자리였다. 1년 후에는 정규직 전환이 '될 수도' 있다고 했지만 알 수 없었다. 꿩이 아닌 닭에게 허락된 자리는 고작 그런 자리뿐이었다.

왜 내 인생은 매번 이렇게 잘 닦인 길이 아닌 애매한 길로만 가는 걸까? 아무리 모로 가도 서울만 가면 된다지만, 이왕이면 폼 나게 탄탄대로를 타고 가고 싶은데. 나는 늘 남들이 실컷 걷다가 '이 길 아니네?' 싶어서 되돌아 나오는 길이나, 별 볼 일 없어서 남들은 관심도 없는 비포장도로만 골라 걷는 기분이었다.

20대의 절반을 꿩 대신 닭으로 살다니!

답답한 마음에 하루는 친구와 사주를 보러 갔다. 친구의 친구가 용하다고 검증한 역술인이 운영하는 사주 카페였다. 당시의 나는 계약직 신분으로 일하며 말도 안 되는 야근과 밤샘 업무에 치여 "나 단명할 것 같아."를 유행어처럼 말하고 다녔는데, 그때 마침 내가 정말 가고 싶던 회사의 공채가 아주아주 오랜만에 떴다. 그랬으니 내가 역술인에게 묻고 싶었던 건 두말할 필요 없이 '이직 운'이었다.

역술인은 미간을 찌푸린 채 내 이름과 생년월일시, 알 수 없는 한자들을 종이 위에 써 내려가더니 대뜸 이렇게 말했다.

"올해 이직 운이 있네."

원하던 답을 듣고 함박웃음을 지으려던 찰나, 그가 한마디를 덧붙였다.

"그런데 그 자리에 정식으로 들어가기는 힘들고 아마 뒷문으로 들어갈 거야. 자기는 인생이 뒷문으로 들어갈 팔자거든."

그날 역술인이 한 말 중 절반은 잊어버렸지만 '뒷문'이라는 단어만큼은 똑똑히 기억한다. 용하다는 역술인마저 내 팔자가 모로만 갈 팔자라고 인정해버리다니. 맥이 탁 풀렸다. '정식'으로 날 원하는 곳은 없는 걸까? 그땐 그 역술인의 풀이가 꽤 비참하게 들렸다.

(타의에 의해) 모로만 가는 인생이 돼버렸지만, 사실 나는 뭐든 정식으로 해야 한다는 강박이 있는 사람이다. 그리고

그 부작용으로 시작조차 하지 못하는 일들이 많았다. 뭔가가 갖춰지면, 준비가 되면 그때 해야지. 늘 그렇게 생각하고 뒤로 미루고는 했다. 그런데 (내 의지는 아니었지만) 일단 모로라도 걷다 보니, 어떻게든 걷고는 있는 나를 발견할 수 있었다. 아마 모로 가는 기회가 주어지지 않았다면 지도를 펴놓고 이 길이 좋은가 저 길이 좋은가 탄탄대로만 찾다가 한 발 떼는 데 백 년쯤 걸렸을 텐데 말이다. 아이러니하게도 나를 걷게 만든 건 정식 루트가 아닌 모로 난 길이었다.

목적지가 서울이든, 부산, 대구, 대전이든 어딘가로 가기 위해서는 일단 걷는 수밖에 없다. 그게 잘 닦인 길이든 아니든 말이다. 물론 잘 닦인 길을 KTX 타고 시속 300킬로미터로 달려가면 엄청 신날 거다. 그런데 그런 길을 갈 수 있는 사람이 '나'는 아닌 경우가 많았다. 그나마 이 길 끝에 반드시 서울이 나올 거란 희망이라도 있으면 다행이지, 길도 울퉁불퉁한 와중에 어디로 가고 있는지조차 알 수 없는 순간도 많았다.

그럼에도 이제 더는 '난 왜 이런 길로만 걷지?' 자책하는 사람으로 남고 싶지는 않다. 그런 생각을 하면 발 아프고 힘만 빠질 뿐이라는 걸 경험을 통해 알게 됐으니까. 대신 어디에 닿든 적당히 길 위의 풍경도 보고 맛있는 것도 먹어가며 부지런히 걸어가 보고 싶다. 그렇게 걸을 수만 있다면 어디에 도착하든 그게 뭐 그리 중요할까 싶기도 하고.

뛰어야 비로소 보이는 것들

여행만 가면 다른 사람이 되고는 한다. 마치 '여행 자아'가 따로 있는 것처럼 말이다. 여행이 시작되는 순간에 MBTI도 바뀌는 것 같다. 낯가리고 무계획을 일삼는 INFP인 내가 여행지에서만큼은 야시장 상인과 제법 흥정도 잘하고 일정 관리도 알아서 척척 하는 E이자 J형 인간으로 변한다. 평소엔 장기적인 계획 따위 세우지도 않으면서 여행 갈 때만큼은 몇 달 전부터 정말 꼼꼼하게 정보를 수집한다. 온라인 여행 커뮤니티와 SNS를 샅샅이 뒤지며 꼭 가봐야 할 명소부터 맛집까지 열심히 찾아 저장해두기도 한다. 대략 어떤 장소에 가야 할지 청사진이 나오면 그때부턴 하루 단위로 미리미리 여행 스케줄을 짜둔다. 해외로 떠날 때는 출국 한두 달 전부터 환율 동향을 살핀다. 환율 우대를 잘해주는 은행을 누구보다 냉철하게 판단한 뒤 적기에 환전하는 게 나의 특기다. 여행지에 도착하면 공항에서 숙소까지는 어떻게 이동해야 하는지, 휴대폰 유심 칩은 어디에서 구매하는 게 가장 좋은지 사전에 체크해두는 건 물론이다.

몇 년 전 휴양지로 여행을 떠난 적이 있다. 그곳에서만큼은 여유를 만끽해보자고 다짐했건만, 여행 자아는 그때도 어김없이 강력한 존재감을 뽐냈다. 당시 내가 머물던 리조트는 투숙객들이 모두 늦잠을 자고 느지막하게 일어나 조식을 즐기며 한껏 게으름을 피우는 분위기였다. 그 가운데 나만 혼자 새벽 수영을 다니는 직장인처럼 해가 뜨자마자 수영을 하고, 일행 중 1등으로 조식까지 부지런히 챙겨 먹었다. 한국에서는 새벽 운동은 무슨, 아침도 제대로 챙겨 먹지 않는 내가 여행만 떠나면 다른 누군가에 빙의한 듯이 꽤나 계획적이고 엄격하게 여행을 즐긴다. 그렇다 보니 예전에 나와 함께 여행을 갔던 친구는 "군대에서 행군할 때보다 더 힘들었다."라는 소감을 남기기도 했다.

사실 나도 느긋한 여행을 하고 싶을 때가 많다. 여행기를 좋아해 종종 읽는 편인데, 내가 본 여행기 속 저자들은 하나같이 여행지에서 즐기는 여유를 사랑했다. 느린 걸음으로 마을을 산책하고, 낮에는 한적한 카페에서 책을 읽으며 커피 한 잔의 여유를 즐기고, 때로는 선선하게 바람 부는 나무 그늘 아래에서 낮잠에 빠져드는 것…. 이것이 그 책들에 묘사된 진정한 여행이었다. 그래서 여행기를 읽을 때면 '나도 다음번에는 저렇게 여유 넘치는 여행을 해야지.'

라고 늘 다짐하곤 했다. 그런데 이상하게도 여행지에 발을 내딛고 나면 넘치던 여유가 갑자기 종적을 감췄다. 대신 관광을 못 해 죽은 귀신이 붙은 것처럼 오만 관광지를 다 돌아다녔다. 그 지역에서 맛있다는 음식도 다 먹어봐야 했고, 랜드마크 앞에서는 사진도 꼭 한 방 남겨야 했다. 심지어 기념품 가게에 들러 조악한 기념품도 한두 개는 사야 비로소 마음이 놓였다. 여행기 속 우아한 여행자들과 달리 촌스럽게 '관광객 코스'를 모두 밟는 것이 나의 여행 스타일이었다.

그나마 다행인 건, 여행 자아로 자주 여행을 다니다 보니 이 여유 없고 촌스러운 녀석과 제법 정이 들었다는 거다. 최근에는 지난 여행을 곱씹다가 이 친구의 장점도 발견했다. '뛰어야 비로소 보이는 것들'이 뭔지 나에게 알려준다는 거다. 평소 부지런히 사는 사람들에게는 멈췄을 때 비로소 보이는 것들이 있을 테다. 그런데 '누울 수 있는데 왜 앉아?'라는 생각으로 일상을 게으르게 사는 나 같은 사람에게는 별로 와닿지 않는 말이다. 왜냐고? 난 평소에도 늘 멈춰 있으니까! 나처럼 잘 멈춰 있는 사람에게는 걸어야,

혹은 뛰어야 보이는 것들이 있다는 걸 여행지에서 만난 나의 또 다른 자아를 통해 알게 됐다. 촌스러운 이 자아 덕분에 나는 여행에서만큼은 에피소드가 많은 사람이 될 수 있었다. 여행지에서는 일상에서보다 성취감도 자주 느낀다. 웬만한 명소들을 다 찍고 클리어했으므로! 부지런히 돌아다닌 덕에 남들은 못 봤을 아주 생소한 풍경을 보기도 했다. 이를 테면 새벽녘 로마의 트레비 분수에서 청소원들이 청소기로 동전을 쓸어 가는 풍경 같은.

나는 아마 앞으로도 여행기 속 여유롭고 멋진 여행자는 되지 못할 것 같다. 남들 눈에는 관광에 열심인 그저 그런 시시한 여행자 중 한 명으로 보이겠지. 그래도 나에게 일상 속 자아 하나만 있는 것보다는 촌스럽고 우악스러운 여행자아도 함께 있는 게 더 낫다고 생각한다. 그렇게 생각하면 어느 정도 밸런스가 맞춰졌다는 생각에 마음이 편해지거든. 누구는 멈추라고, 누구는 뛰라고 말하는 세상에서 나는 이 두 자아를 데리고 뛰었다 쉬었다 누웠다 걸었다 하며 살아볼 참이다.

일탈은 내 취향 아닌데?

어느 더운 여름날, 아르바이트를 하러 가는 중이었다. 그 당시 내가 아르바이트하던 곳은 우리 집에서 한 시간 사십 분 정도 걸리는 곳이었다. 지하철을 두 번 갈아타고, 또 버스를 두 번 갈아타고, 내려서 한참을 걸어야 할 만큼 멀어서 조금만 늦게 나와도 지각을 할까 봐 늘 전전긍긍 초조했다. 그날도 늦지 않으려 부지런히 걷고 있는데 거의 도착했을 때쯤 어디에선가 '빵' 클랙슨 소리가 들렸다. 그러더니 웬 자동차 한 대가 내 앞을 막아서는 게 아닌가. 어리둥절해 쳐다보고 있는데 차창이 스르륵 내려갔다. 헉! 창문 뒤로 그 당시 내가 좋아하던 가수 S의 얼굴이 보였다. 콘서트까지 다녀왔을 정도로 그의 팬이던 나는 들뜨고 반가운 마음에 사인도 받고 함께 사진도 찍었다.

길에 서서 S와 한참 이야기를 나누다 정신을 차리고 보니 곧 알바를 시작해야 할 시간이었다. 얼른 감사 인사를 전하고 자리를 뜨려는데 그가 내게 물었다.

"드라이브 시켜줄까?"

오 마이 갓! 이런 말도 안 되는 상황! 최애 가수가 나에게 드라이브를 제안하다니! '성덕(성공한 덕후)'도 이런 성덕이 있을까?

나는 일생에 한 번 있을까 말까 한 기회 앞에서 "네. 좋아요!"라고 답하지 못했다. 마음속으로야 이미 차를 타고 최애 옆에 앉아 냅다 강변북로를 달리고 있었지만, 아무래도 아르바이트가 마음에 걸렸다. 펑크 난 아르바이트 자리를 메워줄 사람도 없는데…. 찰나의 고민 끝에 나는 S에게 미안하다고, 일하러 가야 해서 드라이브는 어려울 것 같다고 말했다. 그리고 삼십 초 뒤, 그의 아쉬운 표정을 뒤로하고 눈을 떴다. 꿈이었다. 하아….

아직도 그 꿈에서 깼을 때의 허탈함이 생생히 기억난다. 로또급 행운을 포기하고 시급 8천 원을 받으러 떠난 멍청이. 그게 나였다. 딱히 성실하지도 않은 주제에, 꿈에서조차 일탈하지 못하는 스스로가 어찌나 답답하던지.

'갑자기 아파서 못 갈 것 같다고 했어야지!' '집에 일이 생겨서 빨리 가봐야 한다고 말하면 됐잖아?' '아니면 그냥 그만두겠다고 하던가!'

뒤늦게 떠오른 서른 가지 핑계를 읊조리며 융통성 없는 나에게 마음속으로 마구 잔소리를 퍼부었다.

사실 현실은 꿈보다 한 수 위였다. 학교 다닐 때 나는 누구나 흔히 할 법한 조그만 일탈도 하지 못하는 아이였다. 같은 반 아이들이 입학하자마자 교복 치마를 줄일 때, 혼자만 졸업할 때까지 치렁치렁한 치마를 입고 다녔다. 방학이라고 염색이며 펌을 하는 친구들 사이에서 나만 고지식하게 앞머리 없는 귀 밑 3센티미터 단발을 유지하기도 했다. 그랬으니 가출을 한다거나 엄마 아빠에게 심하게 반항하는 일 따위는 당연히 하지 않았다. (그렇다고 딱히 말 잘 듣는 착한 딸이었던 것도 아니다.) 중학교 도덕 교과서에서 배웠던 '질풍노도의 시기'는 나에게 해당 사항이 없는 듯했다. 그렇게 나의 학창 시절은 누구나 겪는다는 사춘기 한 번 없이 흐릿하게 지나갔다.

그때부터 서른이 넘은 지금까지 여전히 내 인생엔 일탈이라 부를 만한 사건이 거의 없다. 일상은 늘 산골짜기에서 졸졸 흐르는 시냇물처럼 잔잔하다. 한때, 나는 이런 삶이 마음에 들지 않았다. TV에 나오는 사람들, 아니 당장 내 주변의 친구들만 봐도 일탈의 경험을 한 번씩은 갖고 있었다. 그리고 그 사건들은 알게 모르게 그들의 삶에 자양분이 돼주었다. 적어도 여러 명이 모였을 때 영웅담처럼 꺼낼 에피소드 정도는 됐다. 저마다의 폭풍우나 격랑을 겪고 한층 단단해진 그들의 모습을 볼 때면 내 인생은 왜 이렇게 시시한 걸까, 자괴감이 들 때도 있었다. 썩 내키진 않지만, 일부러라도 일탈을 해봐야 하는 걸까? 바보 같은 생각으로 고민하기도 했다.

시시하고 보잘것없다고 여겼던 내 인생을 돌아보게 된 건 엉뚱하게도 유재석 덕분이었다. 집에서 빈둥거리던 어느 날, 우연히 유재석이 진행하는 한 TV 프로그램을 보게 됐는데 그가 (정확히 기억나진 않지만 대충) 이런 말을 했다.

"많은 분들이 제가 술도 안 마시고, 운동만 하며 사는 게 답답하진 않느냐고 물으시는데요. 저는 술을 잘 못해서 술 마시는 게 오히려 고역이에요. 참는 게 아닙니다. 저한텐 운동하는 게 술 마시는 것보다 재미있어요."

국민 MC로 수십 년을 일탈 없이 바르게만 사는 그가 남들 눈에는 답답하게 보였을지 모른다. 이런 세간의 시선에 유재석이 내놓은 답변이 내겐 이렇게 들렸다.

"일탈? 그냥 그거 내 취향이 아니라서 안 하는 것뿐인데?”

역시, 유느님! 일탈이나 질풍노도의 시기가 누군가의 인생에선 필수 요건이 아닐 수도 있다. 일탈만이 인생을 재미있게 만들어주거나, 성장시키는 요소는 아닐 테다. 그 말은 즉, 일탈 없는 내 삶이 재미없거나 시시한 삶과 동의어가 아니란 뜻이다. 스스로 미처 깨닫지 못하는 사이에, 나도 내 나름대로 재미와 성장을 겪으며 삶을 일궈왔을 거다. 그러니 이제 일탈에 대한 환상은 묻어둘 생각이다. 그 대신 유느님의 '운동'처럼, 일탈보다 내 취향에 더 잘 맞는 무언가를 끊임없이 탐구해봐야겠다. 애석하게도 그게 운동은 아닐 것 같지만.

내 페이스대로 사는 게
가장 힙하다고

2, 3년 전부터였나. 인센스를 피우는 사람이 하나둘 눈에 띄기 시작했다. 인센스는 한마디로 사찰에서 피우는 '향' 같은 건데, 어느 순간 내가 SNS에서 팔로우 중인 모든 힙스터들의 피드에 인센스가 올라왔다. 바쁜 일상 속에서도 인센스 향을 맡으며 이너 피스를 좇는 그들의 모습이 꽤 멋져 보였다. 질 수 없지! 나도 그길로 곧장 인센스를 주문했다. 늦게나마 힙스터 대열에 합류하고픈 마음에.

이왕이면 적당히 달달한 향이 났으면 해서 무화과 향이 나는 인센스 스틱을 골랐다. 스틱에서 떨어지는 재를 받쳐줄 인센스 홀더도 하나 주문했다. 심플하면서도 개성 있는 홀더를 사기 위해 얼마나 많은 사이트를 뒤졌는지 모른다. 가격도 꽤 비쌌다. '손바닥만 한 접시를 왜 몇만 원씩 주고 사야 하지?' 잠시 합리적인 의심이 들었지만 넣어뒀다. 힙해지기 위해서 이 정도 비용은 감수해야지, 아무렴.

이틀 후, 기다리던 택배가 도착했다. 당장 포장지를 뜯고 인센스 스틱을 홀더에 쏙 꽂은 후 라이터로 불을 피웠다. 역시 고심해서 홀더를 산 보람이 있었다. 도자기 재질 홀더에 꽂힌 인센스 스틱의 자태가 매우 우아해 보였으므로. 그렇게 잠시 스틱에서 피어오르는 연기를 바라보며 힙에 한껏 취해 있는데… 갑자기 매캐한 탄내가 내 코에 훅을 날렸다. 강력한 한 방에 정신이 혼미해 엄지와 검지로 코를 감쌌다. 인센스 스틱에서 나는 향은 할아버지 제사상에서 맡던 냄새, 그 이상도 이하도 아니었다. 상상했던 무화과 향은 코를 박고 맡아봐도 느껴지지 않았다.

약간 당황스러웠으나 이내 평정심을 되찾고 생각했다. 아무래도 인센스 향을 잘못 고른 것 같다고. 그렇지 않고서야 그 많은 힙스터들이 좋다고 피우는 인센스 향이, 나에게만 제사 향냄새로 느껴질 리 없었다. 이번엔 후기를 샅샅이 뒤져서 사람들이 좋다는 향만 선별해 몇 개 더 주문해봤다. 결과는? 같았다. 인센스 향은 매번 나를 할아버지 제사상 앞으로 데려다주었다. 이걸 피우겠다고 값비싼 인센스 홀더까지 샀는데… 결국 내 코가 힙하지 못하다는 것만 깨달은 채 인센스를 처박아둬야 했다.

사실 살면서 비슷한 경험을 자주 했다. 내가 힙하지 못하다는 걸 깨닫고 마는 경험 말이다. 남들이 전부 〈쇼 미 더

머니〉를 보고 재미있어할 때, 힙합을 들으며 '너무 좋지 않냐!'를 외칠 때, 나는 한물간 모던 록이나 포크 뮤직을 들으며 찌르르 전율하고는 했다. 원두를 골라 마시는 게 멋진 취미로 통할 때, 남들은 집에 괜찮은 커피 머신 한 대쯤 놓고 직접 커피를 내려 마실 때, 나는 쓰디쓴 커피를 왜 마시는지 좀처럼 이해하지 못하고 핫초코만 홀짝였다.

그렇게 힙하지 않은 나를 마주할 때마다 종종 스스로에게 실망했다.

'저 사람한텐 잘 맞는데 왜 너한텐 안 맞아?' '네가 모자란 거 아니야?' '넌 애가 왜 이렇게 촌스럽니?'

속으로 나에게 이런 독설을 날린 적도 더러 있다. 그러고는 죽을 때까지 그 누구도 나를 힙하다고 인정해주지 않을 거란 생각에 괜스레 서글퍼졌다. 트렌드를 선도하거나 엄청나게 영향력 있는 사람까지는 아니더라도, 주변 사람들에게 '잰 좀 힙스터 같다.'라는 얘기를 한 번쯤은 들어보고 싶었는데….

얼마 전 회사 동료들과 회의를 하다 가수 백예린에 대한 얘기를 나눴다. 우리 팀 20대 직원 증언에 의하면, 그는 요즘 10대와 20대 사이에서 제일 힙한 캐릭터로 통한다고 한다. 백예린이 입는 원피스부터 몸에 새긴 타투, 심지어 좋아하는 동물 캐릭터까지. 사람들이 모두 힙해 보인다며 따라 입고, 따라 새기고, 따라 좋아한다는 거다. 그는 도대체 어쩌다 힙의 대명사가 되었을까. 우리끼리 고민해보다가 이런 답을 내렸다. 백예린은 그냥 자기 하고 싶은 대로 하는 거라고. 뭔가를 좇지 않고 하고 싶은 대로 사는 그 모습이 사람들 눈에 힙해 보이는 것뿐이라고 말이다.

회의 내내 정말 많은 얘기가 오고 갔는데 어쩐지 그 말만이 마음에 오래 남았다. 결국 내 페이스대로 사는 게 가장 힙한 일이라는 것이 묘하게 위로가 됐기 때문일까. 나 스스로 '힙하지 못하다고 생각했던 모습'이 사실은 나의 자아를 이루고 취향을 만든 양분이었을지도 모른다는 생각이 들었다. 남들이 해서 멋져 보이거나 좋아 보이는 게 아니라 촌스럽더라도 내가 진짜 좋아하는 것. 그런 것들의 합으로 이루어진 게 진짜 나일 테니 말이다.

앞으로는 힙하지 못한 내 코를 미워하지 않고, 내 코가 좋아하는 향을 자주 맡게 해줘야겠다. 그 향이 설사 싸구려

향수의 향이거나 남들은 다 '불호'를 외치는 촌스러운 향일지라도 말이다. 내가 맡는 향이 곧 최고 힙한 향이 될 거란 생각으로.

빈틈으로
사람이 온다

꼼꼼함이나 완벽함과 거리가 먼 나는 살면서 숱한 실수를 했다. 그리고 불행히도 그중 몇 가지는 친구들에게 백 년 정도 놀림당할 에피소드로 남았는데 이어지는 이야기가 그중 하나다.

미국으로 교환학생을 갔을 때의 일이다. 한 번쯤은 우리나라가 아닌 외국에서 살아보고 싶었던 내게 '교환학생'은 대학 내내 버킷 리스트 1순위였다. 그러나 순진했던 나는 다른 애들은 공부도 해가며 논다는 사실을 눈치채지 못하고 홀로 팽팽 놀다가 1, 2학년 학점을 죽 쑤고 말았다. 그 결과 웬만해선 떨어지기 힘들다는 교환학생 선발에서 한 번의 고배를 마신 후 재수 끝에 힘겹게 미국으로 향할 수 있게 됐다.

마침내 미국 땅을 밟았을 때 나는 굉장히 들떠 있었다. 낯선 곳에서의 새로운 삶에 늘 로망을 가지고 있었기에 한국에서와는 다른 존재로 살아봐야지 다짐도 했던 것 같다. 덤벙대지 않고, 뭐든 똑 부러지게 척척 해내는 그런 존재로! 그래서 입국 첫날 기숙사 생활에 필요한 물건을 쇼핑하러 갔을 때 날 도와주러 온 교환학생 선배의 도움을 마다하고 혼자서 멋지게 물건을 주문하고 쇼핑을 마쳤다. 쇼핑몰을 나오는 길에 그 선배는 “와, 너 영어 잘한다! 혼자 주문도 척척 잘하네.”라며 감탄했고 나는 좀 으쓱했다.

척척박사(?) 이미지로 시작한 미국에서의 첫 일주일은 나름 평탄했는데, 딱 한 가지 이상한 점이 있었다. 쇼핑몰에서 사 온 샴푸로 머리를 감는데 손으로 아무리 문질러도 이상하게 거품이 나지 않는 거였다. 머리를 감고 나서도 시원한 느낌이 없었다. 머리를 말리며 거울을 보는데 기분 탓인지 머리가 떡져 있는 것 같기도 했다. 그렇게 일주일이 지나 머리카락에서 기름이 뚝뚝 떨어질 것 같은 상태가 되어서야 비로소 알게 됐다. 내가 샴푸인 줄 알고 산 게 사실은 컨디셔너였다는 것을. 일주일 동안 ‘미국 샴푸는 원래 거품이 안 나는 건가?’ 말도 안 되는 생각으로 컨디셔너만 두 통을 써가며 머리를 감고 있었던 거다.

아메리칸드림에 눈이 멀었던 걸까. 쇼핑할 때 분명히 ‘Shampoo’라고 적혀 있는 걸 봤(다고 생각했)는데 라벨엔 떡하니 ‘Conditioner’라고 쓰여 있었다. (미리 말해두지만, 이 단어의 뜻을 모를 정도로 영어를 못하진 않는다. 진짜로!) 그렇다.

똘똘한 이미지를 얻게 됐다고 기뻐했던 쇼핑몰에서부터 나는, 나도 모르게 덜렁대고 있었던 거다.

미국 샴푸 에피소드는 좁디좁은 한인 교환학생 커뮤니티에 빠르게 퍼지며 모르는 사람이 없을 정도로 유명해졌다. 덕분에 나는 일주일 만에 삼십여 명에게 대놓고 놀림을 당하는 신세가 됐다. 마주치는 친구들마다 나를 향해 머리 감는 시늉을 하며 "미국 샴푸는 왜 거품이 안 나지?"라고 웃으며 말했다. 낯선 땅에서 새 사람이 되어보겠다는 소망은 일주일 천하로 끝났고, 그 이후로도 나는 계속 덜렁대며 더 많은 실수담을 양산했다.

교환학생 한 학기를 마칠 무렵, 처음 기대했던 바와는 달리 교환학생 친구들에게 나는 '착하지만 조금 모자란 친구'가 되어 있었다. 어떤 친구는 한국으로 돌아와 교환학생 일화를 소개하는 수업에서 내 에피소드로 발표까지 했다며 굳이 이야기를 전했다.

똑 부러지고 지적인 이미지로 교환학생을 마무리하지 못한 건 매우 유감스럽지만, 사실 미국 샴푸 에피소드는 나에게 고마운 일화이기도 하다. 낯가림이 심한 내가 일주일 만에 교환학생 친구들과 금세 친해질 수 있었던 건 순전히 이 에피소드 덕분이었으니까. 이 일이 아니었다면 나는 아마도 한참을 로봇처럼 뚝딱거리다가 한국으로 돌아올 즈음에야 사람들과 간신히 친해졌을지도 모른다. 꽁꽁 숨기고 싶었던 나의 빈틈이 좋은 사람들을 선물해주었다.

이렇듯 뜻밖의 장점이 있음에도 실수투성이에 부주의하기 짝이 없는 사람이 바로 나라는 걸 받아들이기란 쉬운 일이 아니다. 대부분의 상황에선 장점보다는 단점으로 발현되기 훨씬 쉬운 특성들이니까. 나의 빈틈 덕분에 얻은 친구들도 있지만, 분명 그 탓에 잃은 사람들도 있을 테다. 그래서 한때 스스로를 지적해가며 고쳐보려고도 해봤다. 하지만 나를 바꾸려는 노력에 마음이 지칠 때면 이따금씩 미국 샴푸 에피소드를 생각한다. 덜렁거림은 내 단점이기도 하지만, 장점이기도 하다고. 그렇게 너무 모나지도, 아주 둥글지도 않은 결론을 낸다. 그럼 다행스럽게도 나라는 애랑 잘 지내는 게 한결 쉬워지곤 한다.

“나는 나랑 제일 잘 지내고 싶거든요. 나를 과잉으로 사랑하고 싶지도 않고, 그렇다고 지나치게 학대하고 싶지도 않아요. 그 균형을 잘 맞춰가는 게 내 평생의 숙제라고 생각해요.”

드라마 〈런 온〉의 주인공 오미주의 대사다. 나한테 너무 가혹하지도, 관대하지도 않게 딱 오미주처럼만 균형을 맞추며 스스로와 잘 지내보고 싶다.

날 위한 사치를 유예하지 않기

가끔 심심할 때면 휴대폰 설정 메뉴에 들어가 앱 사용 시간을 분석해둔 데이터를 찾아본다. 요즘은 샤워할 때마저 휴대폰을 챙길 정도라, 나란 사람이 대체 휴대폰으로 뭘 그렇게 들여다보는지 나조차 궁금하기 때문이다. 사용 시간이 가장 긴 앱은 단연 유튜브다. 최근에는 유튜브 알고리즘이 하다 하다 '내성 발톱 교정 영상'으로 나를 인도했다. 발톱의 '발'도 검색한 기억이 없는데, 이 영상이 내 피드에 왜 떴는지는 알 길이 없다. 그러나 내가 그 영상을 클릭했고, 심지어 비슷한 걸 몇 편 더 찾아봤다는 사실로 미뤄볼 때 유튜브 알고리즘이 나를 꿰뚫고 있음은 분명했다. 이렇듯 쓸데없는 영상까지 다 챙겨 보느라 사용 시간 부동의 1위인 유튜브를 제외하면 나머지 앱의 이용 시간 순위는 들쭉날쭉한 편이다. 아, 항상 상위에 랭크되는 인터넷 쇼핑몰 앱들만 빼고!

지난 주말에도 인터넷 쇼핑몰 앱을 부지런히 들락거리며 장바구니에 물건을 담았다. 꼭 사야만 하는 물건이 있었던 건 아니다. 내 장바구니를 채운 건 한 문구 브랜드에서 나온 색감이 예쁜 북 스탠드, 〈땡땡의 모험〉에 등장하는 탐정 땡땡이 그려진 극세사 담요, 다람쥐 모양의 작고 귀여운 연필깎이, 독일 빈티지 철제 연필 캡, 계란프라이 모양의 손거울, 바닷가 풍경이 담긴 포스터 한 장, 홍차 마실 때 쓰면 딱일 것 같은 티 메이커, 무지갯빛 털 실내화, 네이비 색 더블 단추 울 코트, 갈색 로퍼 두 켤레, 비건 립밤, 하드커버 노트, 괄사 도구 같은 것들이다. 이 중에서 정말 필요하다 여겨 실제 구매까지 이어진 물건은? 북 스탠드와 담요, 두 개가 전부다. 나머지는 굳이 장바구니에 넣을 필요도 없었던, 나에게 무용한 물건이었던 셈이다.

담은 것 중 9할은 나에게 쓸모없다는 걸 알면서도, 나는 장바구니에 물건 담는 일을 좋아한다. 일상이 엉망진창이라고 느껴지거나 스트레스가 쌓였을 때 특히 더 그렇다. 왜냐고? 장바구니에 물건을 담는 행위는, 내가 나름대로 고안해낸 평상심 회복법(?) 중 하나이기 때문이다. 사실 쇼핑이란 건 일상이 무너지면 가장 먼저 후순위로 밀리기 마련인 '사치스러운' 일 중 하나다. 눈코 뜰 새 없이 바쁘거나 마음이 축 처지고 힘들 때, 나는 쇼핑을 포기한다. 여기서 쇼핑이란 생존에 꼭 필요한 소비는 제외한 행위를 말한다.

맛있는 걸 먹지 않고, 예쁜 옷을 입지 않고, 갖고 싶은 걸 갖지 않는 거다. '아직 취업하지 못했으니까 아무거나 입자!' '지금은 바쁘니까 아무거나 먹자!'와 같이 무너진 일상을 탓하며 스스로에게 좋은 걸 사주는 일을 나중으로 유예하는 거다.

이직을 하고 한동안 회사에 적응하기 힘든 시기가 있었다. 퇴근하고 집에 들어가면 물을 잔뜩 머금은 미역처럼 축 처져 있다가 잠드는 날들이었다. 그날 했던 실수를 자책하는 데 기력을 다 소모하는 바람에 갖고 싶은 게 뭔지, 무엇을 원하는지 생각할 겨를이라고는 없었다. 아침에 눈을 뜨면 그냥 바닥에 널브러진 옷가지를 대충 집어 입었고, 맛을 생각하기보다는 빨리 먹을 수 있는 음식들로 끼니를 대신했다. 어쩌다 뭘 사게 되더라도, 무언가를 고르는 일이 귀찮아 '쇼핑'이라 부를 만한 탐색의 과정은 생략했다. 그저 눈에 보이는 대로 '구매'를 했을 뿐.

그러던 중 꽤 오랜만에 짬을 내어 쇼핑다운 쇼핑을 한 적이 있다. 겨울에 입을 롱 패딩을 사기 위해서였다. 날은 추웠고, 나는 추위에 약하고, 또 롱 패딩은 비싸다는 이유로. 물론 여전히 마음의 여유는 없었지만, 큰 지출이 예상됐기에 바쁜 와중에도 아무거나 막 살 수는 없었다. 하는 수 없이 자주 가는 인터넷 쇼핑몰에 접속해 디자인과 재질을 살피고, 이것저것 비교해보는데 문득 왠지 모르게 기분이 좋아졌다. 단순히 무언가를 소비하거나 소유한다는 감각 때문은 아니었다. 그보다는 수많은 물건들 중 내 마음에 드는 '하나'를 찾아가는 그 과정이 나를 활기 띠게 했다. 눈앞에 산적한 과제 더미를 해치우기 바빴던 내가 쇼핑을 하는 동안은 여유 있는 사람처럼 느껴져서 좋았다.

그 뒤로 나는 바쁘고 힘들 때, 종종 인터넷 쇼핑을 한다. 무너지는 일상을 붙잡아두기 위한 일종의 루틴 같은 거랄까? (부자는 아닌 관계로) 꼭 구매까지 이어지지 않더라도, 원하는 물건들을 공들여 고르고 장바구니에 담는다. 그리고 상상한다. 맘에 쏙 드는 로퍼를 신고 친구들을 만나는 모습을. 프린팅이 귀여운 하드커버 노트 위에 사각사각 글을 써 내려가는 모습을. 티 메이커에 홍차를 우려 여유롭게 차 한 잔 홀짝이는 모습을. 그러니까 장바구니에 담아둔 물건들을 통해 지금보다 좀 더 괜찮은 일상을 보내는 내 모습을 떠올리는 거다.

물론 물건 몇 개 장바구니에 담고 쇼핑을 한다고 해서 어지럽던 내 삶이 갑자기 깨끗이 정리되는 건 아니다. 인터넷 쇼핑몰을 빠져나오는 순간, 잠시 모른 척하고 있던 숙제들을 끝마쳐야 한다는 사실도 잊지 않고 있다. 그러나 이 모든 사실을 알고 있다 해도 어떤 날은 쇼핑이, 장바구니에 물건을 담는 행위가 나에게 무엇보다 위안이 될 때가 있다. 쓸데없는 낭비라고 해도 적어도 나에게 있어 쇼핑의 유용성은 거기에 있다. 돈 쓰는 거 합리화하려는 수작, 절대 아니다.

나를 미워한다는 건
나를 알아간다는 것

요즘 내가 썩 맘에 들지 않을 때가 많다. 남의 말을 곧이 곧대로 듣지 않고 확대해석 해서 괜한 속앓이를 할 때. 실수를 인정하지 않고 자꾸만 그럴싸한 핑계와 변명거리를 찾게 될 때. 해야 할 일들 앞에서 무기력해질 때. 타이밍을 놓쳐 해야 할 말을 제때 하지 못했을 때. 실망하지 않기 위해 최악을 상상하며 나를 괴롭힐 때. 내가 충분히 양보할 수 있는 상황인데도 속 좁게 치사해질 때…. 최근에만 해도 스스로가 싫어졌던 순간이 이렇게나 여러 번 있었다.

사실 이런 내 모습이 좀 낯설다. 불과 몇 년 전까지만 해도 나를 미워해본 적이 거의 없기 때문이다. 뭐 그렇다고 내가 스스로를 엄청 사랑하는 자기애 넘치는 캐릭터였던 건 아니다. 그보단 나 자신에게 별다른 감정을 느끼지 않는 쪽에 가까웠다. 그저 내가 밉지도, 되게 좋지도 않은 무던한 상태가 지속됐을 뿐이다. 감정의 파동이 크지 않으니 마음은 늘 잔잔하고 평온했지만, 그래서 나는 나를 잘 몰랐다.

그 시절 나에게 나는, 얼굴은 알지만 대화를 깊이 나눠보지 않아서 대충 아는 친구나 마찬가지였던 것 같다. 그때라고 해서 스스로가 맘에 들지 않는 상황이 없었을 리 없다. 조금 더 파고들다 보면 나를 미워했던 순간도 분명 있었을 거다. 그런데 그런 순간마다 나는 '가능한 한 빨리 잊고 훌훌 털고 일어나는' 편을 택했다. 다들 그렇게 하는 게 좋다고 말했으니까. 긍정적인 성격이나 높은 자존감 등이 미덕으로 여겨졌고, 나는 그 미덕을 충실히 이행하려 노력한 셈이다.

그런데 요즘, 내가 싫어지는 순간이 많아진 만큼 스스로를 좀 더 들여다보게 됐다. 무턱대고 훌훌 털어버리기보단, 내가 미워지는 순간을 곱씹어본다. 나는 그때 왜 그렇게 행동했을까, 왜 그런 생각을 했을까, 그런 내가 나는 왜 싫을까, 하고. 대놓고 직면하기 겁났던 못난 나의 모습을 찬찬히 살펴보는 거다. 물론 별로인 내 모습을 뜯어보다 보면 괴로워지는 순간도 있다. 그런데 확실한 건 이런 과정을 통해 나를 좀 더 잘 알게 됐다는 거다.

'그때 그 말을 이렇게 받아쳤어야 했는데!'라는 후회로 허벅지를 꼬집으며 나를 질책해본 덕분에 내가 순발력 없는 사람이라는 걸 인정하게 됐다. 스스로가 치사하다고 느꼈던 순간들을 톺아본 덕분에 그렇게 느끼는 마음 밑바닥엔 늘 좋은 사람으로 보이고 싶어 하는 내 욕심이 자리하고 있다는 걸 깨달았다. 그리고 내가 늘 좋은 사람으로 비춰질 수 없다는 걸 비로소 받아들이게 됐다. 이전의 나였다면, '아니야, 그렇지 않아! 나는 충분해! 모자라지 않아!'라며 부족한 내 모습을 부정하고 넘어갔을 거다. 하지만 이젠 나를 미워해본 덕분에 있는 그대로의 나를 받아들이는 법도 알게 됐다.

나는 더 이상 긍정적이지도, 자존감이 높지도 않다. 세상이 말하는 미덕과는 거리가 멀어졌다고도 볼 수 있다. 그러나 나와는 좀 더 친해졌다. 갈등을 겪은 후에 관계가 더 돈독해지듯이 나와의 관계도 그렇다고 생각한다. 무조건 나를 사랑해야 한다고, 아껴야 한다고 스스로를 몰아붙이기보다는 나를 실컷 미워도 해보는 이 과정이 중요하다고 믿는다. 사람이 어떻게 스스로를 내내 사랑할 수 있을까. 자기를 싫어해본 적 없는 사람은 어쩌면 스스로에 대해 깊이 생각해본 적이 없는 것일 수도 있다. (혹은 지독한 나르시시스트이거나.)

생각해보니 그동안 나에게 '스스로를 좀 미워해도 괜찮다. 그럴 수 있다.'라는 말을 해준 사람이 없었다. 그래서 내가 미울 때마다 세상의 눈치를 봤다. 세상은 늘 '자신을 사랑하라'고만 외치니까. 이제야 조금 용기를 내서 말해본다. 나를 미워하는 게 크나큰 잘못이거나 절대 해서는 안 될 금기 사항은 아니라고. 자신을 파괴하지 않는 선에서 스스로를 열심히 미워하고, 치열하게 싸워보는 과정이 필요하다고. 그 시간을 겪고 스스로를 좀 더 잘 알게 된 지금이 나는 좋다.

브이로거처럼
일상에 정성 한 스푼

매일 밤 잠들기 전 꼭 하는 루틴이 있다. '브이로그'를 챙겨 보는 일이다. 남들이 브이로그를 본다고 할 땐 덕질하는 연예인도 아닌, 평범한 이들의 일상을 훔쳐보는 게 뭐가 재미있으려나 싶었다. 그런데 하나둘 보다 보니 어느덧 구독하는 브이로거만 수십 명은 될 정도로 브이로그에 흠뻑 빠져버린 나를 발견했다. 일본에서 회사를 다니는 직장인부터 개강을 맞이한 어느 대학생까지. 얼굴도 모르고(대다수 브이로거들은 얼굴을 하관 정도만 공개한다), 이름도 모르는(닉네임만 안다) 누군가의 일상을 들여다보는 게 잠들기 전 나의 습관이 될 줄은 몰랐다.

사실 그들의 일상이 내가 범접할 수 없을 만큼 특별하거나, 매일 재미있는 이벤트가 벌어지는 것도 아니다. 그저 아침에 일어나 밥을 해서 먹고, 옷을 입고, 집에 돌아오기 전 장을 보고, 친구들을 만나는 보통의 일상을 보낼 뿐이다. 따지고 보면 나도 매일 하는 일인데 내가 이걸 왜 보고 있을까? 자문을 해보다가 답을 내렸다. 내가 물에 찬밥 말아먹듯 '대충' 보내는 일상을 그들은 꽤 '정성스레' 살고 있기 때문인 것 같다고.

브이로그 주인공들의 일상에는 더도 덜도 말고 정성이 딱 '한 스푼' 더 들어간 느낌이다. 계란말이 하나를 먹어도 새하얗고 예쁜 접시에 가지런히 담아 '차려 먹는다'는 느낌이 들게 하고, 옷 한 벌을 입어도 신발과 액세서리까지 잘 어울리는 것으로 매치해 깔끔하게 '차려입는다'는 인상을 준다. 먹고 입는, 모두가 매일 겪는 평범한 일과에 좀 더 공들이고, 좀 더 신경을 쓰는 거다. 누군가에게는 이런 정성이 보여주기식 '오버'로 보일 수도 있지만, 결국에는 그 오버가 그들의 일상을 풍요롭게 가꾸어주지 않았을까.

그래서 나도 브이로그를 찍기로 했다…는 건 거짓말이고. 내가 브이로그 속 주인공이 된다면 어떨지 상상해봤다. 아마 내 영상은 바닥에 빨랫감이 널브러져 있고, 온갖 잡동사니가 나뒹구는 지저분한 방에서 시작될 거다. 그러고는 알람을 다섯 개쯤 맞춰놓았지만, 다 꺼버리고 가장 마지막 알람에 간신히 눈을 뜨는 모습으로 내가 등장하겠지. 아침밥은 쿨하게 패스! 그다음에는 서둘러 샤워를 하고 아무 옷이나 집히는 대로 주워 입은 채 허겁지겁 집 밖으로 나서는 장면이 이어질 거다. 퇴근 후엔 요리할 기력이 없어 그냥 배달 앱을 켜고 떡볶이나 치킨을 시켜 먹는 것으로 하루를 마무리할 거고. 안 봐도 뻔하다. 누가 봐도 엉망진창이라고 느낄 만한 하루다.

생각해보면 브이로거처럼 일상을 사는 게 이번 생에 영영 실현 불가능할 정도로 아주 어려운 일은 아니다. 지금보다 약간의 정성과 부지런함만 더하면 내 일상도 분명 나아질 테지만 나는 늘 정성 들이고 부지런해지는 일을 '좀 더 여유 있을 때 하지 뭐.'라며 미루고 미뤄왔다. 그리고 애석하게도 그 '여유 있을 때'는 영영 오지 않고 있고.

그래서 생각을 조금 바꿔보기로 했다. 여유 있을 때 일상을 가꾸겠다 생각하지 말고, 일상을 가꾸며 여유를 찾아보자고. 피로가 등에 업힌 듯 찌뿌둥하지만 십오 분 일찍 일어나 아침을 챙겨 먹고, 잠들기 전 '내일은 뭘 입을까?' 미리 고민해두기로 말이다. 계산해보면 휴대폰 화면을 하염없이 들여다보는 삼십 분만 줄여도 충분히 할 수 있는 일이다. 그 삼십 분의 정성 덕분에 내 하루는 덜 허둥대고 더 여유 있는 하루가 될 거고.

살다 보면 문득 현실이 버겁게 느껴질 때가 있다. 시험과 과제에 치이던 학생 때, 서류 탈락과 면접 탈락의 연속이던 취업 준비생 때. 직장인이 되면 더는 이런 고통은 없을 줄 알았는데… 이번엔 매일 쏟아지는 업무에 치일 때. 끝이 보이지 않는 이 터널이 대체 언제쯤 끝나려나 막막한 마음에 눈앞에서 당장 이 거지 같은 현실을 치워버리고 싶다고 생각한 적이 한두 번이 아니다. 그렇지만 그 긴긴 터널을 걸어오며 깨달은 건 시궁창 같은 현실을 치우는 데는 시간도 오래 걸릴뿐더러 내 힘만으로는 해결하기 어려운 경우가 많다는 거다.

이런 생각에 무기력해질 때 브이로거들이 준 교훈을 떠올리며 시궁창 같은 현실 대신 내 방을 치우고(내 방도 못지않게 시궁창 같으므로), 맛있는 음식을 직접 만들어 먹고, 좋아하는 셔츠를 잘 다려 입어야겠다. 현실을 완전히 바꿀 순 없겠지만, 적어도 무리가 되지 않는 선에서 약간의 정성을 들여 일상을 조금 더 나아지게 만들 수는 있을 테니.

그런 의미에서 얼마 전 계란말이 팬을 주문했다. 팬이 도착하면, 평소보다 조금 일찍 일어나 예쁘게 계란말이를 만들어 아침밥을 먹을 거다. 매끈매끈한 계란을 골라 톡톡 두드려 깨고, 거품기로 휘휘 저어 샛노란 계란물을 만들어야지. 그런 다음 공들여 저은 계란물을 팬에 붓고, 천천히 계란말이를 마는 거다. 한 끼 대충 때우거나, 굶고 넘어가지 않고 정성 들여 계란말이를 만들어 먹으면 내가 어제보단 조금 나은 삶을 살게 됐다는 생각이 들 것 같다. 그나저나 내 계란말이 팬은 지금 어디쯤 오고 있으려나.

2장

✦ 성공하지 않아도 썩 잘 살 거야

특별한 게 꼭 좋은 건 아니니까

인정하고 싶지 않지만, 나는 평범하다. 생김새도, 가진 능력치도, 성격도. 무엇 하나 튀지 않고 무난한 편이다. 그래서 가끔은 이런 생각도 한다. '나'라는 사람의 특징을 몇 가지 골라 "이 사람이 누군지 맞혀보시오." 하고 퀴즈를 내면, 우리 엄마 아빠도 못 맞힐지 모르겠다고. 아마 나는 저어기 부산에 사는 김수진 씨나, 애리조나에 사는 시에나 씨나, 피렌체에 사는 소피아 씨와 크게 다르지 않을 거고, 엄마 아빠는 30여 년을 함께 산 나 대신 이들을 딸로 지목할 수도 있겠다고. (상상하니까 조금 슬프네…)

사람은 정곡을 찔리면 발끈하는 법. 나는 어느 순간부터 평범하다는 말을 싫어하게 됐다. 아니, 싫어하는 걸 넘어 그 말을 모욕처럼 느끼기도 했다. 실제로 대학 다닐 때 한 친구에게서 "넌 참 평범한 것 같아."라는 말을 들은 적이 있다. 술자리에서 어쩌다 나온 말이었는데 어느 맥락에서 튀어나온 말인지는 잘 기억나지 않는다. 옆에 있던 선배가 "심리학과에 이상한 애들 진짜 많잖아. 평범하다는 거 칭찬이야!"라며 황급히 얘기를 마무리 짓는 바람에 무슨 뜻으로 한 말인지도 묻지 못했다. 그래, 어쩌면 나쁜 의도가 담긴 말은 아니었을지도 모른다. 선배의 말처럼 괴짜인 아이들 틈바구니에서 그나마 정상으로 보인다는 뜻이었을지도? 물론 그렇게 해석해보려 했으나 쉽지 않았다. 아무리 좋은 쪽으로 받아들이려 해도 상처가 되었다, 나에게 평범하다는 말은.

그래서일까. 언제부턴가 나는 뭔가를 시작할 때 몹시 뜸을 들이는 사람이 됐다. 원체 느긋한 내 성격 탓도 있을 거다. 하지만 마음속 한편에 '평범한 건 싫다'는 생각이 꿈틀대고 있어서, 좀 더 솔직히 말하자면 특별하고 싶어서 뭔가를 선뜻 시작하기 어려워진 것도 사실이다. 그래서 일을 할 때도, 글을 쓸 때도, 사람을 만날 때도 어떻게 하면 특별한 결과물을 남길 수 있을지, 특별한 한 줄을 쓸 수 있을지, 특별한 인상을 남길 수 있을지 나도 모르는 새 지나치게 고민하고는 한다.

만약 이 긴 고민 끝에 특별한 결과물, 특별한 한 줄, 특별한 인상을 만들어냈다면 더없이 완벽한 결말이 됐을 거다. 그러나 안타깝게도 현실은 훌륭한 기승전결과는 거리가 멀다. 나는 고민 끝에 특별한 무언가를 해내기보다는, 결국

엔 아무것도 못 하고 마는 쪽이었다. 또는 특별한 게 떠오를 때까지 미룰 만큼 미루다가 '에라 모르겠다!'라는 심경으로 대충 끝내고 말거나. 특별해지고 싶다는 마음은 그렇게 독이 됐다.

일본 드라마 〈중쇄를 찍자!〉에서 내가 제일 좋아하는 에피소드는 유명 원로 만화가의 10년 차 문하생인 누마타 상이 등장하는 편이다. 그는 10년 넘게 만화를 그렸음에도 번번이 데뷔에 실패한다. 자기보다 한참 어린 데다 만화를 그린 지도 얼마 안 된 후배들이 데뷔에 성공하는 동안 그는 매번 제자리를 지킨다. 그런 와중에 속 좋게 농담까지 한다. 문하생들의 식사를 챙겨주던 원로 만화가의 아내에게 "밥이 너무 맛있어서 10년째 데뷔를 못 하나 봅니다, 허허."라고.

어느 날 누마타는 마흔 살 생일 기념으로 양조장을 운영하는 부모님에게 비싼 술을 선물받는다. 자신의 생일임을 잊고 있던 그는 술을 보고 상념에 잠긴다. 그리고 얼마 후 스승과 그 술을 함께 마시다가 만화를 그만두겠다는 말을 꺼낸다. 지난 10년간 언젠가는 좋은 편집자를 만날 거라고, 자신에게도 꼭 기회가 올 거라고 기대하며 진심으로 맞서 보지도 못한 채 여기까지 왔다고. 그런 주제에 자신은 꿈을 좇으며 사니까, 직장 다니는 대부분의 동창들과는 다르다고 생각하며 잘난 척을 했다고. 만화가를 목표로 사는 동안 특별한 사람으로 있을 수 있어서, 그래서 만화를 놓지 못했다고. 그는 처음으로 실없는 농담이 아닌 진심을 얘기한다. 그리고 만화가의 꿈을 접고 고향으로 떠난다.

내가 이 에피소드를 가장 좋아하는 이유는, (눈치챘겠지만) 누마타의 상황이 남 일 같지 않아서다. 나는, 누마타는, 우리는 평범해지기 싫어서 기를 쓰고 특별해지려 노력한다. 때론 누마타처럼 '특별함'을 좇는 상태에 멈춰 있기도 한다. 적어도 그 상태라면 '예비 특별한 사람'의 신분을 유지할 수 있으니까. 그런데 특별함을 좇는 마음에는 부작용도 뒤따라서 나의 경우처럼 무언가를 시작하기 두려워지거나, 누마타의 경우처럼 진심으로 맞서지 못한 채 시간만 낭비하게 되기도 한다.

그래서 생각해봤다. 우리의 목표가 그냥 '평범해지기'

면 어떨까, 하고. 특별해지는 것 대신에 세상에서 가장 평범해지기로 바람을 전면 수정해보는 거다. 이런 마음이 하루아침에 쉽게 먹어지진 않겠지만 조금씩 연습해보고 있다. “어떻게 해야 특별한 글을 쓰지?”가 아닌, 너무 평범해서 “뭘 이런 걸 글이라고 써?”라는 생각이 드는 한 줄을 쓰자고 다짐하는 연습을. 이 우스운 목표를 계속 상기하다 보면 글 한 줄을 쓰는 일이 이전보다는 덜 어렵게 느껴진다. 두 번째 줄을 쓸 수 있을 것 같은 용기도 솟는다. 그렇게 요즘 나는 세상에서 가장 평범한 한 줄을 써내는 중이다.

다시 누마타의 얘기로 돌아가자면, 그는 고향으로 내려가 부모님이 운영하는 양조장 일을 돕는다. 10년간 닦은 그림 솜씨는 이제 술 판매대에 세워둘 팻말을 그리는 정도로만 발휘되는 삶을 산다. 그런데도 마지막 에피소드 속 그는 꽤 행복해 보였다. 동호회에서 만난 사람과 결혼을 약속했다며 씩 웃는 누마타의 얼굴은 만화를 그릴 때보다 훨씬 평온했다. 내심 그가 다시 돌아와 성공한 만화가가 되는 엔딩을 바랐던 나는 그 장면을 보고 반성할 수밖에 없었다.

평범함을 인정하고, 특별함을 좇지 않는 것도 용기가 될 수 있다. 우리는 수많은 별들 사이에서 가장 빛나는 별은 아닐 수 있다. 그러나 나에게 어울리는 위치에서 평범한 밝기로 잘 빛나고 있다면, 그것도 나름대로 의미 있는 게 아닐까. 평범해지기로 용기를 낸 누마타가 내내 잘 지냈으면 좋겠다.

줏대 없어도
당당하게

얼마 전 김태리 배우의 인터뷰를 보게 됐다. 모 잡지사에서 진행한 영상 인터뷰였는데, 내가 그를 좋아한단 걸 귀신같이 파악한 유튜브 알고리즘이 그 영상으로 나를 인도했다. MBTI가 무엇인지, 내년 계획은 어떻게 되는지 등 답변이 예상되는 무난한 질문들이 이어졌는데 그가 내놓은 답은 하나같이 의외였다. 자신이 특정 유형의 인간으로 고정되는 게 싫어서 MBTI는 밝히지 않겠다거나, 내년 계획을 지금 얘기하기는 이르니 새해에 친구들과 술 한잔하며 정하겠다고 답한 것 등. 인터뷰 영상에는 "역시 주관이 뚜렷하다." "소신 있는 행보를 보여주더니 인터뷰 답변도 매력 있다."라는 댓글이 달려 있었다.

댓글을 본 순간 팬심보다 먼저 든 건 부럽다는 마음이었다. 사람이 어쩜 저렇게 재단기로 자른 듯이 똑 부러진 답변을 내놓을 수 있지. 아마 내가 같은 질문을 받았다면 남들 다 대답하는 대로 세상 쉬운 답변을 내놓았을 텐데.

"제 MBTI는 INFP고요, 새해 계획은 대한민국 국민 70퍼센트의 목표와도 같은 주 3회 운동하기입니다."

이 대답에서 눈치챘겠지만 나는 주관이 뚜렷하고 소신

있는 캐릭터와는 거리가 멀다. 물론 내 나름대로 중요하게 여기는 가치관과 신념이 있기는 하다. 때때로 고집 있다는 소리를 듣기도 한다. 하지만 그걸 제외한 대개의 경우 나는 이래도 좋고 저래도 좋다. 소위 줏대가 없는 편인 거다.

그래서 '남산 위의 저 소나무 철갑을 두른 듯' 꼿꼿하게 자기 의견을 어필하는 사람을 보면 부러운 마음이 앞선다. 남들 눈치 보지 않고, 누구에게도 영향받지 않는 그런 사람들. 분위기에도 잘 휩쓸리고, 누구와 함께 있느냐에 따라 말투나 행동거지가 달라지는 갈대 같은 나와는 영 딴판인 그런 사람들 말이다. 그들을 곁눈질하며 나 또한 뚜렷한 주관을 가져보려 애썼으나, 정신 차려보면 나는 늘 친구 따라 강남 가는 쪽이었다. 학교 다닐 때 클럽 활동은 늘 친한 친구가 하고 싶어 하는 걸 따라 신청했고, 대학교 땐 동기들이 많이 듣는 전공 수업을 따라 들었다. 다행히 친구를 잘 사귄 덕분에 따라간 강남은 대체로 나쁘지 않았다. 그럼에도 늘 마음 한편에는 '주관' '줏대' 같은 것에 대한 갈증이 남아 있었다. 누가 봐도 친구 따라 강남 가는 애보다는 주관 있고 줏대 있는 애가 멋있어 보이니까. 시간이 흘러 이

갈증은 '그렇다면 고유한 나는 대체 누구인가?'와 같은 답 없는 질문에 봉착했다. 나는 시류에 휩쓸려 이리저리 떠다니는 사람인가, 아니면 남 따라 만들어진 복제품인가. 나는 난데 완전히 나라고 하기는 좀 애매한 것 같은 이 기분, 대체 뭐지? 이런 시뮬라르크 같은! (욕 아님.) 이렇게 줏대와 주관을 밥 말아 먹은 나를 자책하고 있을 무렵 운명처럼 '손민수'라는 단어를 알게 됐다.

손민수. 사람 이름 아니냐고? 맞다. 웹툰 〈치즈 인 더 트랩〉에 등장하는 인물로, 주인공 홍설을 지독하게 따라 하는 캐릭터다. 그는 홍설을 향한 시기와 질투 때문에 헤어스타일부터 입는 옷까지 모든 걸 흉내 내며 홍설이 되고 싶어 한다. 한때 이 웹툰을 정주행 했던 나는 연재 당시 손민수를 욕하는 댓글이 얼마나 많이 달렸는지 똑똑히 기억하고 있다. 솔직히 누가 봐도 의심의 여지없이 어둡고 소름 끼치는 캐릭터였다, 손민수는.

재밌는 건, 요즘 10~20대 사이에서 '손민수'가 '따라 하다'의 의미로 사용되고 있다는 거다. 이를 테면 '너 나 손민수 했니?'는 '너 나 따라 했니?'와 같은 뜻이다. 더 재밌는 건 손민수라는 표현이, 원작 속 음침함을 벗고 긍정적인 맥락으로도 쓰이고 있다는 점이다. 좋아하는 인플루언서가 SNS에 올린 사진을 보고, "언니, 지금 입은 옷 예뻐요! 손민수 하게 정보 좀 알려주세요."라고 묻는 댓글은 이제 흔하다. 좋아하는 유튜버의 부지런한 라이프 스타일을 따라 하며, 그 유튜버의 이름을 따 스스로를 'O민수'라고 칭하는 경우도 있다. 아예 대놓고 '너의 영향을 좀 받겠다!' '널 따라 강남 좀 가겠다!'라고 말하는 셈이다.

손민수에서 음침함은커녕 발랄함과 당당함마저 느껴지다니. 그래, 누구를 따라 강남에 가든 저렇게 당당하게 가면 되는 거였어! 10~20대 동생들 덕분에 뜻밖의 교훈을 얻은 나는 생각했다. 결국 모든 건 태도의 문제였다고.

자기 고유의 주관과 줏대만으로 똘똘 뭉친 사람은 세상에 거의 없을 거다. 그렇다면 어차피 하늘 아래 새로운 주관은 없고, 어떠한 영향도 받지 않은 줏대란 애초에 존재하지 않을지도 모른다. 꼿꼿한 소나무처럼 보여 내가 부러워했던 이들도 실은, 하루에도 수십 번씩 불어대는 바람에 남몰래 흔들리고 있을지도. 다만, 그들은 나처럼 줏대 없다고 스스로 쪼그라들지 않고, 원한다면 누군가의 영향을 당당히 받아들이고, 휩쓸리더라도 쓰러지지는 않도록 코어에 힘 빡 주고 있었던 게 아닐까.

줏대 없음과 희미한 주관을 탓하며 스스로에게 실망하는 일을 이제는 멈춰보려고 한다. 시류에 휩쓸리지 않기 위해 염불을 외며 안간힘을 쓰는 일도 그만뒀다. 대신 아무 시류에나 휩쓸리지 않고, 좋은 시류를 골라 타보려 노력 중이다. 서퍼들이 좋은 파도를 골라 타듯, 그렇게. 그러다 보면 시류를 자유자재로 갖고 노는 코어 힘 탄탄한 서퍼가 될 수 있지 않을까?

우리의 과거는
기억보다 아름답다

어릴 적 습관 중 하나는 대단해 보이는 사람들과 내 나이를 비교해보는 거였다. 이를 테면 엄청난 발명을 한 위인의 책을 읽으면서, 그가 대단해지기 시작한 시점이 내 나이보다 많은지 적은지를 가늠해보는 거다. 만약 그의 나이가 나보다 많으면? 왠지 모를 안도감을 느꼈다. 대단한 사람이 비로소 대단해지기 시작했을 때의 나이가 지금 내 나이보다 많으니까. 나도 그 나이가 되면 조금은 대단해질 수 있지 않을까 생각했던 것 같다. 나의 미숙함을 어린 나이 탓으로 돌렸던 거다.

안타깝게도 한 살 두 살 나이를 먹으면서 이 습관은 효용 가치를 다했다. 나보다 어리고 대단하기까지 한 사람들이 백만 대군을 이뤄 우르르 등장하기 시작했으므로!

어느 날 스포츠 경기를 보는데, 어린 선수들이 금메달을 척척 따는 모습을 목격했다. 그걸 보며 선수들의 기량에 놀랐던 것과 별개로 나는 조급함을 느꼈다. 이제 더는 나의 모자람이 나이 때문이라고 핑계 삼을 수 없다는 걸 깨달았기 때문이다. 그 후로 미술관에 가서 그림을 볼 때도, 신춘문예 당선작을 읽을 때도 비슷한 조급함이 들었다. 나와 나이가 같거나 어린 작가들의 작품이 꼭 끼어 있었으니 말이다.

웃긴 건 대단한 동년배들 중에서도 나에게 가장 큰 위기의식을 준 건 다름 아닌 아이돌이었다는 거다. 분명 몇 해 전까지만 해도 아이돌을 언니 오빠라고 부르는 게 당연했는데… 어느 순간 나와 동갑이거나 심지어 더 어린 아이돌이 데뷔했고 그제야 내 나이를 확실히 실감할 수 있었다. '아, 내 나이가 부와 명예를 모두 가질 수도 있는 그런 나이구나.' 하고. 더 이상 나의 별 볼 일 없음을 나이 때문이라고 박박 우길 수 없게 된 거다.

나의 핑곗거리를 앗아간 수많은 아이돌 중 하나는 '원더걸스'다. 아직도 이들이 갓 데뷔했을 무렵을 기억한다. 〈Irony〉라는 노래가 타이틀곡이었는데, 멤버 모두가 신인티가 전혀 안 날 정도로 완벽한 무대를 보여줬다. 당시 나는 입이 떡 벌어진 채로 인터넷에 '원더걸스 멤버 나이'를 검색했는데, 둘은 나와 동갑이었고 나머지 셋은 나보다 더 어렸다. 그때의 타격감이란! 나와 비슷한 나이에 엄청난 성취를 해낸 그들을 보고 있으니, 대학 문턱 한번 밟겠다고 문제집이나 끄적대고 있던 그때의 나는 조금 초라한 마음이 들었다.

나이를 먹는다고 모두가 다 대단해지는 건 아니구나. 스포츠 스타, 천재 아티스트, 그리고 원더걸스를 보며 너무나 당연한 이 사실을 나는 결국 인정할 수밖에 없었다. 그 후로는 더 이상 다른 누군가와 내 나이를 비교하지 않았다. 비교 대상을 멀리서 찾지 않아도 주변에 대단한 동년배들이 수두룩한 나이가 되기도 했고.

얼마 전, 유튜브 피드를 쓸어내리다가 우연히 원더걸스 멤버인 선미가 출연한 TV 프로그램 클립 영상을 보게 됐다. 그는 이제 어엿한 중견 아이돌이자 후배들이 존경하는 선배 아티스트가 되어 있었다. 그 모습이 멋져 클립 영상을 대여섯 개 더 봤다. 영상 속 선미는 후배들과 자신의 과거 무대 영상을 찾아보고 있었다. 데뷔 무대를 시작으로 그의 화려한 과거를 똑똑히 본 산증인인 나는 기대감이 몰려왔다.

'그때 참 어마어마했지….'

선미 대신 추억에 잠겨 대리 과거 회상을 하는데 갑자기 선미의 비명(?) 소리가 들렸다. 그 멋진 무대를 도저히 못 보겠다는 거다. 아마 스스로가 부족했다고 생각하는 모양이었다.

과거 영상 속 선미는 흠잡을 데 없었다. 적어도 내 눈에는 그랬다. 그래서 의외였고 신기했다. 나를 초라하게 만들던 그 대단했던 과거를 정작 본인은 흑역사라고 생각하다니. 자신의 과거를 미흡하다고 여기고, 그때의 결과물을 차마 눈 뜨고 보지 못하는 사람은 다 나 같은 범인(凡人)일 거라고 생각했는데… 선미처럼 대단한 사람도 그런 생각을 하는구나. 스스로가 부족하다고 여겨지는 시기는 대단한 사람에게도 평범한 사람에게도 공평하게 찾아오는 거였다.

찾았다, 대단한 사람과 나의 공통점! 찌질하게 그들과 내 나이를 비교해보며 초라해지던 때가 있었던 나는, 이 사실을 알고 또 한 번 찌질하게 평온해졌다. 어쩌면 내 생각만큼 과거의 내가 미숙하지 않았을 수도 있겠다는 안도에서였다. 선미가 자신의 멋진 과거를 몰라봤듯 나 역시 그랬던 게 아닐까.

내 목소리가 닿지는 않겠지만 팬으로서 선미에게 말해주고 싶다. 당신의 과거는 찬란했고 충분히 대단했다고.

아니, 사실 이건 나에게 해주고 싶은 말이다. 대단하지 못해서, 잘난 거 하나 없어서 늘 초라한 마음이었던 어린 시절 나에게. 스스로한테 조금은 너그러워져도 괜찮다는 의미에서 응원을 보내주고 싶다. 우리의 과거는 우리의 기억보다 훨씬 더 아름다우니까.

까짓것,
욕심 좀 없으면 어때

고등학교 때 다닌 영어 학원 이름은 '현대 영어'였다. 학원이 현대 아파트에 있어서 모두가 그렇게 불렀다. 30평대 아파트를 학원으로 개조해 운영되던 현대 영어는 크지 않은 규모에 비해 인근 고등학교 학생들이 많이 다녔던 곳이다. 다니기만 하면 학생들의 성적이 쑥쑥 오른다고 온 동네에 소문이 났기 때문이다. 그러니 부모의 손에 이끌려, 혹은 제 발로 현대 영어를 찾는 아이들이 많았고 나는 후자의 경우였다. 성적이 오른다는 말도 솔깃하기는 했으나, 솔직히 그보다는 집에서 가깝다는 점이 마음에 들었다. 당시 나는 집에서 버스로 삼십 분 정도 걸리는 규모가 큰 학원에 다녔는데 수업을 듣고 집에 오면 밤 11시가 다 되어 있었다. 만약 그 학원을 끊고 현대 영어로 옮긴다면? 최소 삼십 분은 더 빨리 잠자리에 들 수 있을 터였다. 무엇보다 잠이 절실했던 열여덟의 나는 집에서 도보 십 분 거리라는 이유로 현대 영어에 다니기 시작했다.

뒤늦게 안 사실이지만 현대 영어 선생님은 매타작에 능했다. 학생들의 성적을 쑥쑥 올린 그의 영업 비밀이었다. 누군가 숙제를 안 해 오거나, 단어 시험에서 한 개라도 틀리면 선생님은 30센티미터 자로 아이들의 손바닥을 내리치고는 했다. 무수히 많은 제자들을 때리며 거의 예술의 경지에 오른 그의 체벌 테크닉은 보고만 있어도 경이로울 지경이었다. 자로 손바닥을 내리칠 때의 팔 각도하며, 적절하게 힘을 조절하는 능력이 수준급이었다. 맞는 게 무서워서 공부하는 건 꽤나 자존심 상하는 일이었지만, 역시 맞는 건 싫었다. 그래서 한동안은 엄청난 양의 숙제도 열심히 하고 영단어도 꼼꼼하게 외워 갔다. 하지만 안타깝게도 '등록발'은 그리 오래가지 못했다. 곧 본래의 나로 돌아와 숙제도 적당히 해 가고, 단어도 적당히 외워 가기 시작한 거다. 그 탓에 학원에 가면 늘 두세 대씩은 맞았다. 단어 시험에서 100점을 맞지는 못했지만 공부를 아예 안 한 것도 아니고 이만하면 된 거 아닐까 하고 생각했거든.

나름대로 현대 영어에서 살아남는 법을 터득한 (후 손바닥을 적당히 맞고 다니던) 어느 날이었다. 갑자기 현대 영어 선생님이 나를 따로 호출했다. 그는 한 달에 한 번 학생들과 개인 면담을 했는데 마침내 내 차례가 온 것이다. 약간은 떨리는 마음으로 상담실 문을 열고 들어갔다. 그는 내 얼굴을 빤히 보더니 대뜸 쏘아붙였다.

"너는 욕심을 좀만 더 내면 성적이 훨씬 더 잘 나올 텐데, 왜 이렇게 욕심이 없어?"

예기치 못한 한 방에 얼떨떨한 얼굴로 앉아 있는데 그는 아랑곳하지 않고 연날아 나를 가격했다.

"네 친구 H를 봐라. 걔는 얼마나 열심히 하니? 너도 H만큼만 욕심을 좀 내봐. 너는 너무 선비 같아."

'선비'라는 단어 탓에 아주 잠시, 이게 지금 칭찬인 건가 혼란스러웠다. 무릇 선비란 학식과 덕이 있으며, 관직과 재물을 탐내지 않는 자들을 일컫는 말이 아니었던가! 그러나 선생님의 억양에 비춰봤을 때 나는 꾸지람을 듣고 있는 게 확실했다. 욕심 없음을 탓하는 꾸지람을.

"네, 알겠습니다. 앞으로 열심히 하겠습니다."

선생님의 긴 설교 끝에 뻔하디뻔한 반성의 말을 내뱉고 나서야 나는 간신히 그 방을 빠져나올 수 있었다. 얼굴이 달아올랐다. 혼났기 때문이 아니라, 뭔가를 간파당했다는 느낌이 들어서였다.

다 맞는 말이었다. 나는 뭐든 크게 욕심을 내는 아이가 아니었다. 그렇다고 열심히 하지 않는 건 아니다. 다만 '죽도록' '미친 듯이' 열심히 하기보다는 '적당히' 열심히 할 뿐이었다. 100점을 맞지 못하더라도 80~90점만 맞으면 만족하는 식이었다. 애초에 100점을 맞아야겠다는 목표 의식 같은 것도 딱히 없었다. 아마 그날부터였을 거다. 이런 내가 부끄럽게 느껴지기 시작한 게.

대학에 입학했을 때도, 사회생활을 시작했을 때도 문득 '선비 같다'는 현대 영어 선생님의 말이 떠오르는 순간들이 있었다. B+가 찍힌 전공 수업 성적표를 받아 들었을 때나, 내가 기획한 일이 썩 잘되진 않았지만 그런대로 평타는 쳤을 때. 더 나은 성취를 이루지 못했다며 속상해하거나 안달하지 않는 나를 발견하는 순간, 열여덟의 내가 느꼈던 창피한 마음이 스멀스멀 올라왔다. 그리곤 채찍을 꺼내 들었다.

'뭐야? 너 이 정도로 괜찮다고? 진짜 만족한다고?'

괜찮았던 기분이 거짓말처럼 사라지고 조급함만 맴돌게 만들었다, 일부러. 억지 욕심을 짜내서라도 좀 더 잘해보라고, 좀 더 높은 목표를 가져보라고.

그러나 정말 내 태생이 선비라서 그런 걸까. 억지로 무언가를 욕심내는 척, 성공을 바라는 척 연기도 해보았지만 그때뿐이었다. 내적 채찍을 아무리 휘둘러봐도 좀처럼 욕심이 생기질 않았다.

솔직히 고백하긴대 '싱공'은 살면서 그다지 바라는 일이 아니다. 물론 '성공해서 매일 맛있는 거 먹고 좋은 데 놀러 다녀야지.' 같은 생각을 안 해본 건 아니다. 그러나 여기서 포인트는 '성공'이 아니라, '맛있는 거 먹고, 좋은 데 놀러 다니는' 것이다. 즉, 성공에 부수적으로 따라오는 콩고물이 탐나는 거지, 성공 자체가 탐나는 건 아니라는 뜻이다. 그런데 그저 맛있는 거 먹고, 좋은 풍경을 보러 다니고, 예쁜 물건을 사는 정도라면 꼭 성공하지 않아도 할 수 있는 일들 아닐까. (물론 얼마나 맛있는 걸 먹고, 얼마나 좋은 풍경을 보고, 얼마나 예쁜 물건을 사느냐에 따라 달라지겠지만 다행스럽게도 내 기준은 그리 높지 않다.)

생각이 여기에 미치자 욕심 그거, 꼭 내야 하는 걸까 의문이 들었다. 여기에 대한 답은 솔직히 아직 잘 모르겠다. 그러나 분명한 건 나는 성공하지 않아도 썩 잘 살 거라는 거다. 그럼 된 거 아닐까. 그래도 이따금씩 마음이 불안해질 때면 이렇게 스스로에게 농담을 던진다. 나에겐 좀 다른 종류의 '욕심'이 있다고. 성공에 대한 욕심은 없지만, '식탐'은 좀 있고, '물욕'은 엄청난 편이라고. 그런 의미에서 오늘도 맛있는 거 먹으며 이거 맛있다고 천 번씩 얘기하고, 예쁜 물건을 보면 통장 생각은 잠시 잊고 구매 버튼을 눌러본다.

아무것도 없는 삶보다는 흑역사라도 있는 삶

SNS를 하지 않는다. 친구들부터 회사 동료들까지, 나를 제외한 내 주변 사람들 대부분이 SNS를 하고 있는데도 말이다. 물론 가끔 접속해 그들이 올린 게시물을 찾아보며 열심히 하트를 누르기는 한다. 어떤 날은 댓글도 단다. 그러나 정작 내 계정은 늘 '게시물 없음' 상태다. 종종 사람들이 나에게 왜 SNS를 하지 않느냐고 물을 때가 있다. 그럼 나는 대체로 "귀찮아서." 혹은 "사는 게 심심해서 올릴 게 별로 없는데?"라는 성의 없는 대답을 내놓고는 한다. 그런데 정말 솔직히 얘기하면, 나는 쫄보 중의 쫄보라 SNS를 하지 않는 거다. 흑역사를 남기기 싫어서!

대학 새내기 때 나도 잠깐 SNS를 했다. 그것도 꽤 열심히! 그런데 시간이 지난 후 게시물들을 들춰 볼 때면 말 그대로 내가 머문 자리마다 폐허더라. '재경아, 넌 할 수 있어!' 스스로를 3인칭으로 부르며 써 내려간 자의식 넘치는 글들, 친구들과 평생 우정을 다짐하며 맺은 촌스러운 일촌명, 지금은 엽사로만 보이는 사진들은 그나마 귀여운 수준이다. 고작 한 학기 교환학생 가 있는 동안 허세 넘치게 영어로 써서 올린 문법 다 틀린 일기나, 정치 얘기를 적었다가 나와 반대 입장을 가진 친구와 벌인 댓글 설전을 다시 볼 때면 수치의 후폭풍이 몰려왔다. 도저히 과거의 내 꼴을 봐줄 수가 없던 20대 초반의 서재경은 어느 날 하루 날 잡고 지난 게시물을 모조리 비공개 처리해버렸다.

사실 흑역사를 강제 매장시킨 건 이때가 처음은 아니다. 내 흑역사의 역사는 생각보다 유구해서 어릴 때도 비슷한 시도를 한 적이 있다. 중학교 때였나. 이사를 앞두고 방 청소를 하고 있었다. 버릴 건 좀 버리라는 엄마의 잔소리에 다 쓴 공책들을 정리하다가 6학년 때 쓴 일기장을 발견했다. 열세 살의 나는 당시 모 아이돌 그룹에 푹 빠져 있었다. 고로 일기장에는 온통 오빠들에 대한 절절한 애정 고백이 가득했다. 스스로 어른이 다 된 줄 알았던 중학생의 눈에 그 일기장은 유치하기 그지없었고 나는 누가 훔쳐볼세라 일기장을 몰래 내다 버렸다. 마침 분리수거 날이라 산처럼 쌓인 종이더미 속에 내 일기장을 고이 은폐엄폐 했다고 생각했는데 뒤늦게 다른 쓰레기를 분리수거하러 온 아빠가 내 이름이 적힌 공책을 보고 얼른 다시 주워 왔다. 내가 실수로 버렸다고 생각한 모양이었다. 그렇게 나의 분서갱

유 사건은 수포로 돌아갔다.

일련의 경험을 통해 나는 알게 됐다. 이미 만들어진 흑역사를 덮는 건 번거롭거나, 뜻대로 되지 않을 수 있다는 것을. 그 후 노선을 변경해 흑역사 따위는 아예 만들지 않겠다고 결심했다. 그때부터 나는 모든 소셜 네트워크 활동을 접고, 디지털 아웃사이더로 살기 시작했다. 그러면서 가끔 눈팅으로 몇몇 친구들의 SNS 계정을 보며 혀를 끌끌 찼다.

'에고, 이런 글 올린 거 나중에 분명 후회할 텐데!'

그렇게 흑역사 없이 10여 년을 살던 중 내 흑역사의 많은 페이지를 차지하고 있는 싸이월드가 복구된다는 소식을 들었다. 잊고 있던, 비공개 처리해둔 게시물들이 떠올랐다. 다시 봐도 오글거릴 게 뻔했지만, 그래도 궁금한 마음에 단숨에 아이디와 비밀번호를 기억해냈다. 그러고는 긴 복구 작업 기간을 기다려 오랜만에 찾은 미니홈피 구석구석을 구경하며 사진첩과 일기장을 뜯어보기 시작했다. 그리고 여기서 반전이 시작됐다.

나이 먹어서 그런가. 도저히 못 봐주겠던 일기와 사진

속 내 모습이 웬일로 귀엽게 느껴지는 거다. (물론 전적으로 내 생각이다.) 엄마 미소를 입에 걸고 꽤 오랫동안 덮어뒀던 흑역사를 파헤쳐 봤다. 시간 가는 줄도 모르고.

지난 몇 년이 떠올랐다. 그동안 나는 스스로를 지나치게 검열하느라 좋은 순간, 슬픈 순간을 기록하지 않고 그냥 흘려보냈다. SNS를 하지 않는 동안 나는 첫 사회생활을 시작했고, 새로운 환경에 적응하며 새로운 사람들을 만났다. 그 시절을 거쳐 분명 나는 조금 다른 사람이 되었으나, 내가 변화해온 과정은 그 어디에도 기록되지 않았다. 손발은 조금 오그라들지만 깔깔거리며 읽어 내려갈 일기도, 친구들과 주고받은 유치한 댓글도 없는 삶이란 생각보다 그저 그랬다. 오히려 아쉽다는 생각마저 들었다.

조만간 SNS를 다시 시작해볼 참이다. 누군가는 SNS가 인생의 낭비라고 하지만, 돌아볼 역사가 아무것도 없는 삶보다는 흑역사라도 있는 삶이 낫겠다는 게 지금의 내 생각이다. 물론 이 생각이 언제 또 어떻게 바뀔지 모르겠다. 사실 이 글을 쓰는 순간도 훗날 이 글이 내 흑역사가 될까 봐 문득문득 두려운 마음이 든다. 그래도 일단은 SNS에든 일기장에든 부지런히 내 역사를 기록해야지. 아마 나이를 더 먹어 할머니가 되고 나면, 지금은 엄청난 흑역사인 것도 고작 웃어넘길 에피소드에 불과해지지 않을까. 그랬으면 좋겠다.

스스로를 미완성이라 여기는 마음 때문에

가끔 떠올리면 미안한 마음이 드는 친구가 있다. 얼굴을 못 본 지 어언 30년이 다 되어가는 유치원 때 친구로 날 참 좋아해주던 아이다. 고작 예닐곱 살이었음에도 이 친구와 함께 있으면 챙김을 받는 기분이 들었다. 친구가 나에게 해준 건 희미하게나마 기억나는데, 내가 그 친구에게 해준 건 아무리 머리를 흔들어도 기억에 없는 걸 보면… 나는 해준 게 거의 없었던 것 같다. 허허. 심지어 이 친구는 출장을 간 아빠께 내 선물까지 부탁해줬었는데. 나는 그때 받은 빨간색 티셔츠를 몸이 자라 못 입을 때까지 아주 잘 입었고.

초등학교 2학년 때 내가 다른 동네로 전학을 가면서 우리는 자연스레 연락이 끊겼다. 지금이야 초등학생도 휴대폰을 다 가지고 있고 SNS로 언제 어디서든 소식을 주고받을 수 있지만, 그때는 그런 게 없었으니까. 전학은 곧 자주 연락하기 어렵다는 걸 의미했다. 그렇게 나는 친구에게 그간 받은 마음에 대한 고마움도 전하지 못한 채 다른 학교에서 새로운 생활을 시작했다.

받기만 하고 아무것도 준 게 없어서 그 친구를 떠올리면 미안한 거냐고? 그런 건 아니다. 고마운 마음은 여전히 남아 있지만 30년의 세월을 이어올 만큼 미안한 일은 아니니까. (배은망덕!) 내가 이 친구에게 미안함을 느끼게 된 건 스무 살 무렵 있었던 일 때문이다. 한창 싸이월드가 잘나가던 무렵, 내 이름을 검색해본 건지 그 친구가 내게 일촌 신청을 걸어왔다. 반가운 마음에 수락했고 우리는 가끔 서로의 방명록에 글을 남기며 안부를 주고받았다.

그러던 어느 날 올 것이 오고야 말았다. 친구에게서 "우리 얼굴 한번 볼래?"라는 연락이 온 거다. 반가운 마음도 잠시, 내 대답은 "너 공부해야지. 나중에 수능 끝나고 만나자."였다. 내가 신입생이었던 그해, 친구는 재수를 하고 있었다. 재수생이라고 해서 하루 종일 공부만 해야 한다고 생각하지도 않았으면서, 나는 얼떨결에 그렇게 말을 해버렸다. 하루쯤 나와 놀면 큰일 날 것처럼. 괜히 그 친구의 상황으로 핑계를 대며 만남을 유예한 것이다.

살이 많이 쪘(다고 믿)을 때였다. 여드름이 올라온 피부도 마음에 들지 않았다. 입학식 전에 부랴부랴 했던 웨이브 펌은 어쩐지 내 머리 같지 않았고 나는 한층 더 촌스러워 보였다. 화장 따위 할 줄 몰랐고 입고 나갈 예쁜 옷도 없었다.

친구와의 만남을 미룬 솔직한 이유는 바로 이런 것들이었다. 스스로를 미완성이라 여기는 마음 때문에 나를 좀 더 가꾸고 꾸며서 더 나아진 모습으로 친구를 만나고 싶었다.

속내를 숨기고 꽤 그럴싸한 핑계를 댔다고 생각했는데 자꾸만 만남을 미루는 나에게 친구는 섭섭함을 토로했다. 하루는 그 섭섭함이 한계치에 이르렀는지 "내가 재수생이라 같이 못 놀겠다는 거야?"라는 말을 끝으로 나와 대차게 연락을 끊었다. 그런 게 아닌데… 화를 풀어주고 싶었지만 그 친구의 방명록에 글을 남겨도 묵묵부답이었다. 그런 상황에서도 나는 우리의 만남이 성사되지 못한 진짜 이유를 솔직하게 밝히지 못했고, 10년이 지난 지금도 그 친구와 연락이 닿지 않고 있다.

문득 그 친구가 생각날 때마다 아직도 미안하다. 그리고 그때의 나 자신에게도 미안하다. 왜 나는 나를 충분히 괜찮다 여기지 못했을까. 왜 오랜만에 보는 친구 앞에 나를 데려가는 일을 부끄러워했을까. 왜 더 나아져야만 한다고 생각했을까. 왜 스스로를 미완성 상태에 두고 인정해주지 않았을까. 스무 살의 나는 나를 좋아하지 못해서 남에게도 상처를 주고 만 것이다.

가끔 상상한다. 지금의 내가 그때의 나를 만나는 상상. 그럼 나는 이렇게 말해주고 싶다.

"너 지금이 리즈 시절이야."

애석하게도 지금의 나는 그때보다 살이 더 많이 쪘다. 뭐, 성장기는 끝났으므로 여드름은 좀 덜 난다는 게 그나마 희소식이려나. 대신 자잘한 잡티는 전보다 훨씬 늘었다. 촌스럽게 느껴졌던 긴 머리 웨이브 펌은 보다 보니 나쁘지 않아서(?) 그 뒤로도 10년은 더 했다. (이렇게 말하면 너무 충격을 받으려나? 스무 살의 나?)

스무 살의 내가 바랐던 완성형의 '나'는 여태까지 쉬이 오지 않고 있다. 이때까지도 안 왔다는 건 앞으로도 오지 않을 확률이 높다는 거다. 그러나 이렇게 생각하면 너무 슬퍼지기 때문에 나는 스스로가 늘 완성형이었다고 믿는 쪽을 택하기로 했다. 나를 미완성이라 여기는 마음 때문에 가려져 있던 것뿐이지, 나는 이미 완성형이었다고 말이다.

물론 그렇게 믿는 건 여전히 나에게 어려운 일이다. 오늘 아침에도 거울을 보고 이게 나의 최선이라는 걸 인정하기 쉽지 않았으므로. 휴. 그러므로 가끔씩 스스로에게 상기해 줄 필요가 있다. 그때그때의 나를 충분히 좋아해주어야, 순간순간 완성형이라고 믿어야, 나에게도 남에게도 상처 주지 않을 수 있다고. 그러니 나를 미완성으로 여기지 말자고 말이다.

한 번 실패했다고
단념해버린다면

대학교 2학년 MT를 갔을 때였나? 어쩌다 식사 당번이 돼서 김치볶음밥을 만든 적이 있다. 요리를 한 번도 해본 적이 없는 나를 배려해서 친구들이 배당해준 메뉴였다. 애들 말로는 프라이팬 들 힘만 있으면 누구나 할 수 있는, 웬만해서는 실패하기 어려운 음식이라고 했는데… 그 어려운 걸 내가 해냈다! 신기하게도 내가 만든 볶음밥에서는 아무 맛이 나지 않았다. 말 그대로 무미(無味). 당근, 양파, 햄을 썰어 밥이랑 볶는 것까지는 어떻게 했는데, 간을 해야 한다는 사실은 간과했던 거다. 소금 한 알갱이 뿌리지 않아 밍밍한 데다, 들쭉날쭉 제멋대로 썰린 재료들은 덜 익기까지 해 서걱거리는 엄청난 볶음밥이 탄생했다.

어찌어찌 상을 차렸는데, 내가 만든 볶음밥을 도저히 그냥은 먹을 수 없었던 친구들은 케첩과 고추장을 섞고, 온갖 밑반찬을 털어 넣어 끔찍한 혼종을 만들기 시작했다. 그냥 먹는 것보단 그 편이 덜 끔찍했을 정도의 맛이었던 거다. 아이들은 오로지 배를 채우기 위한 목적으로 볶음밥을 욱여넣으며 "넌 요리하지 마라."라고 말했다. 입 속에서 모든 재료가 따로 굴러다니는 기이한 볶음밥을 미처 삼키지 못한 채 나도 "응. 그래야겠다."라고 답했다.

그 후로 거의 10년이라는 세월이 흐르는 동안 나는 그 약속을 굳게 지켰다. 라면과 계란프라이를 제외하고 태어나 처음 요리를 한 건데 그 음식이 너무 여러 명 앞에서 혹독한(?) 실패를 맛본 탓일까. 요리에 재능이 없다고 생각하니 좀처럼 다시 도전할 흥미가 생기지 않았다. 그래서 일찌감치 내가 요리 똥손이라는 걸 인정하고 주방 근처에는 얼씬도 하지 않았다. 강산도 변한다는 그 세월 동안 내 요리 실력이 변함없이 똥손 레벨을 유지한 이유다.

그렇게 긴 세월 요리 똥손으로 살았건만, 피치 못할 이유로 내가 직접 요리를 해야 하는 상황이 생겼다. 엄마가 암 투병을 하는 동안 얼떨결에 내가 우리 집 식사 당번이 된 거다. 동생은 직장 때문에 멀리 지방에서 지내고 있고, 아빠는 나보다 더한 요리 똥손이기에 그나마 식사를 책임질 수 있는 사람이 나밖에 없었다. 시켜 먹는 것도 하루 이틀이지…, 결국 나는 요리 똥손에게 주어진 가혹한 운명을 받아들이고 요리를 해보기로 마음먹었다.

10년 만에 처음으로 도전한 요리는 된장찌개. 비교적 손

쉬운 메뉴라고 해서 골라봤는데, 물을 끓이기 전부터 얼마나 걱정했는지 모른다. 나 요리 똥손인데, 이러다 우리 가족 쫄쫄 굶게 되는 거 아니야? 별생각이 다 들었다. 그래도 손가락 빨고 있을 수만은 없어서 유튜브 영상을 보며 멸치 육수를 우리고, 애호박과 두부를 숭덩숭덩 썰어 넣고, 된장을 두 스푼 풀어서 마침내 된장찌개 비슷한 것을 끓여냈다. 떨리는 마음으로 국물을 떠서 호로록 한 입 먹어봤는데… 어라? 이거 내가 끓인 거 맞나. 생각보다 맛있잖아!

물론 내 기준에 '맛있다!' 정도였지만, 첫 된장찌개의 맛은 나를 고무시켰다. 내가 그렇게까지 심각한 요리 똥손은 아니구나, 안도하며 유튜브와 블로그에서 레시피를 찾고 때때로 요리책을 뒤적이며 좀 더 난이도 높은 요리에 도전하기 시작했다. 생선조림, 토마토소스까지 직접 만든 파스타, 잡채, 각종 나물무침까지. 개중에는 실패한 요리도 있지만 못 먹을 정도는 아니었다. 대체로 맛있었다. 진짜다.

심지어 한 번은 요리 고수들만 할 수 있다는 꽃게탕을 성공적으로 끓여내기도 했다. 무려 꽃게탕을! 물론 싱싱한 게가 다 하긴 했는데… 어쨌든 게를 손질하고 양념장까지 뚝딱 만들어내는 나를 보고 내 자신도 감탄을 금할 수 없었다. 처음에는 간장, 소금, 된장 같은 양념을 대체 얼마큼 넣어서 간을 맞춰야 하는지 계량하는 것도 어려웠는데, 조금 해보니 감이 생겨 나중에는 눈대중으로도 척척 할 수 있게 됐다. 지난 10년을 요리 똥손인 줄 알고 살았는데, 6개월 만에 어쩌면 내가 요리 금손일지도 모른다는, 어느 정도 근거 있는 자신감도 생겼다. 호호.

고백하건대 자타 공인 요리 똥손으로 사는 동안 사실은 편했다. 비록 볶음밥 사건이 과에 파다하게 소문나서 한동안 놀림거리가 되기는 했지만, MT 식사 당번은 물론이고, 고깃집에서 고기 굽는 것에서도 열외가 될 수 있었기 때문이다. 뒤풀이 자리에서 내가 삼겹살이라도 한번 뒤집을라치면 모두가 손을 흔들며 뜯어말렸다. "야, 너 요리 못하잖아. 고기에 손도 대지 마."라고. 그럼 나는 머쓱해진 표정으로 집게를 내려놓고 묵묵히 남이 구워주는 고기만 집어 먹으면 됐다.

그런데 생각해보면 그 볶음밥은 내가 태어나 처음 한 요리였고, 처음 한 거니까 못할 수도 있는 게 당연한 거였다. 하지만 나는 딱 한 번의 실패로 스스로를 요리 똥손 프레임에 가둬두고 아무것도 하지 않았다. 요리 똥손으로 사는 게 편하고 쉬워서 잘하려는 노력조차 해보지 않았던 거다. 그간 나는 "나 요리 못해."라는 말로 남도 속이고, 나도 속여온 게 아닐까. 실은 못하는 게 아니라, 해보지 않아서 하는 방법을 몰랐던 것뿐인데도.

세상에는 요리 같은 일이 훨씬 더 많을지도 모른다. 못한다고 생각했는데 막상 해보니까 '어라? 생각보다 나쁘지 않네.'라고 생각되는 일들. 조금만 해보면 금세 잘할 수 있는 일들 말이다. 그러니 어떤 일이든 한두 번 실패했다고 겁먹고 시도조차 안 한다면 얼마나 아쉬운 일인가. 조금만 더 해보면 잘할 수 있을지도 모르는데…. 그러니 만약 지금 스스로를 'OO 똥손'이라고 생각한다면 딱 6개월만 투자해보기를. 계속 하다 보면 'OO 천재'까지는 아니더라도 분명 그런대로 잘하는 내 모습을 마주할 수 있을 거다. '요리 똥손'에서 딱 6개월 만에 (자칭) '요리 금손'이 된 나의 말을 속는 셈 치고 한번 믿어봐도 좋다.

나 없이도 회사는
잘만 굴러간다

지난 2년간 꽤 바빴다. 회사에서 20년간 발행하던 종이 잡지를 접고 새로운 디지털 미디어를 론칭했기 때문이다. '종이'에서 '온라인'으로 플랫폼이 바뀌었고, 콘텐츠 타깃도 달라졌다. 관성에 따라 하던 것을 뒤로한 채 그간 겪어보지 못한 것들을 매 순간 고민하고, 도전해야 하는 날들이었다. 무언가를 새로 시작한다는 생각에 설레고 재미있기도 했지만, 한편으로는 걱정스럽고 부담되기도 했다. 전보다 야근이 잦아졌고, 어떤 날은 이미 발행한 기사에서 뒤늦게 문제가 발견될까 봐 걱정으로 잠을 설치기도 했다.

숨만 쉬어도 바쁜 와중에 덜컥 업무를 하나 더 맡아버렸다. 매주 뉴스레터를 발송하는 일이었다. 어느덧 고개를 돌려보니 나는 파트 내에서 고연차 에디터가 되어 있었고, 그 일을 맡을 만한 사람이 나밖에 없지 않나 생각하며 자원한 거였다.

사실 뉴스레터 발송 업무를 조금 쉽게 생각했던 면도 없지 않았다. 이미 발행된 콘텐츠를 가볍게 요약만 하면 되겠지, 하고. 그런데 의외로 할 일이 많았다. 어떤 콘텐츠를 요약할지 큐레이션하고, 뉴스레터 포맷에 맞게 편집하고, 테스트 메일을 두어 번 보내며 오류를 잡고, 동료 에디터들의 피드백을 받아 수정하고…. 이 과정에 꼬박 하루가 걸렸다. 그제야 깨달았다. 내 발등 내가 찍었다는 것을.

물론 발등에 피를 철철 흘리는 와중에도 뿌듯함은 있었다. 주 단위로 눈에 띌 만큼 구독자가 쭉쭉 늘었기 때문이다. 목표보다 훨씬 빠르게 1만 구독자를 달성했고, 축하 이벤트를 열자마자 2만 구독자가 달성됐다. 그 후로도 3만, 4만, 5만… 구독자 증가 추이는 떡상하는 주식 종목처럼 우상향 곡선을 그렸다. 너무 신난 나머지 어떤 날은 퇴근하고 나서도 틈만 나면 구독자 수를 체크하기도 했다.

사실 내가 신이 난 포인트는 단순히 구독자가 늘고 있다는 것 때문은 아니었다. '내가 해냈다!'는 만족감이 더 컸다. 그리고 좀 더 깊숙이 파고들면 '내가 해서 잘된 거 아닐까?' 하는 약간의 자아도취도 분명 자리하고 있었다. 그 당시 착한 우리 파트 에디터들은 "재경 님, 뉴스레터 하느라 너무 고생 많아요."라며 나를 늘 응원해주었고, 나는 "아니에요, 뭘요."라며 겸손한 척 대답하면서도 내심 취해(?) 있었던 것 같다.

뉴스레터를 담당한 지 1년쯤 됐을 무렵, 나는 3년 근속의 대가로 회사에서 주는 안식월을 떠나게 됐다. 뉴스레터를 매주 마감하는 일에 조금씩 지쳐가고 있던 나에게 내린 단비 같은 소식이었다. 한 달간 마감 노동을 쉬어도 된다니! 입사 이래 가장 큰 환희에 찼다. 그러나 한편으로는 내가 없어도 뉴스레터가 잘 굴러갈까 걱정도 됐다. 내 새끼를 홀로 두고 떠나는 심정 같다고 할까. 물론 한 달의 유급 휴가를 포기할 만큼 사랑하는 내 새끼는 아니라서 재빨리 후배 에디터들에게 인수인계를 해주고 떠나왔지만.

하지만 역시 마음이 쓰이기는 해서 안식월을 보내는 중에도 뉴스레터만큼은 꼭 챙겨 봤다. 쉬는 동안 다른 콘텐츠 근처에는 얼씬도 하지 않았으나, 뉴스레터까지 외면하기는 쉽지 않았다. 나 없이 이 녀석이 잘되고 있으려나, 잘 안 되면 어쩌지 마음이 쓰였다. 그런데 웬걸? 그 녀석은 나 없이도 너무 잘되고 있었다. 오히려 후배 에디터들이 새로운 방식으로 콘텐츠를 편집한 덕분에 포맷도 한결 깔끔해 보였다. 잘된 일인데… 내 새끼도 잘나가고 있는데… 나는 괜히 좀 쓸쓸해졌다. 내 빈자리가 하나도 티 나지 않는 것 같아서.

이런 상황에서 직장인들은 흔히 스스로를 '톱니바퀴'에 비유한다. 자신이 꽤나 중요한 구성품인 줄 알았는데, 실은 없어도 티 나지 않는 톱니바퀴의 일부였다는 것. 어쩌면 이를 알게 되는 과정은 현대 직장인의 숙명과도 같다. 나 역시 예외는 아니라서 클리셰처럼 '나는 그저 톱니바퀴였군.' 하는 생각에 잠겼다. 내가 해서 뉴스레터가 잘된 거라고 생각했던 게 민망하고 머쓱해졌다. 사실 론칭 직후 우리 미디어에 대한 반응이 좋았기 때문에, 누가 뉴스레터를 담당했어도 구독자는 빠르게 늘었을 거다. 지금 생각해보면 당연한 건데 그때는 내 공이 컸다고 믿고 싶었던 모양이다.

내가 언제라도 누군가로 대체 가능한 대상이라는 걸 받아들이는 과정은 슬프다. 그러나 한편으로는 위로가 되기도 한다. 내가 좀 못해도, 세상에는 그리 큰일이 일어나지 않는다는 의미이기도 하니까. 톱니바퀴 하나가 빠져도 기계는 어쨌든 굴러가니까.

안식월에 나 홀로 뉴스레터를 읽으며 씁쓸해하던 날, 나는 역설적이게도 그 지점에서 약간의 안도감을 느꼈다. 내가 좀 망해도 괜찮겠구나, 나와 내 주변은 잘 돌아가겠구나, 싶어서. (그렇다고 일부러 망해보겠다는 뜻은 결코 아니다.)

그러니 톱니바퀴라는 미미한 존재감에 슬퍼하지 말고, 내 역할이 누군가로 대체될 수 있다는 사실에 너무 연연하지도 말자는 생각을 했다. 우리는 누군가로 대체되기도 하지만, 또 누군가를 대체해주며 살기도 하니까. 그게 자연스러운 일이니까. 사실 톱니바퀴뿐 아니라, 대단히 중요해 보이는 사람의 자리도 언제 그랬냐는 듯 대체되고 잘만 굴러가기도 한다. 스티브 잡스가 죽어도 애플은 망하지 않는 것처럼.

앞으로도 나 없이 세상은 잘만 굴러갈 거다. 그러나 톱니바퀴로서 이 사실을 슬퍼 말고 의연하게 받아들여볼 참이다. 다른 말로 하면 상처 대신 위로를 선택했다는 뜻이기도 하다.

기본에 정성을 들이는 일

어려서부터 잔병치레가 잦아 갖가지 증상으로 크고 작은 병원을 들락거렸다. 감기를 달고 사는 편이라 병원에 멤버십 제도가 있다면 VIP가 될 수 있을 만큼 이비인후과에 자주 다녔다. 아토피 때문에 피부과를, 교정 때문에 치과를 꾸준히 찾기도 했다. 허약한 나에게 보약을 지어 먹이려는 할머니 손에 이끌려 한의원도 여러 차례 방문했다. 유치원 무렵, 밥 먹고 보약 먹는 게 남들 다 하는 루틴인 줄 알았을 정도였다.

통원으로 모자라 입원을 한 적도 몇 번 있다. 한 번은 폐렴 치료를 위해, 또 한 번은 편도선 수술을 위해. 고사리 같은 손에 링거를 꽂는 게 안쓰러워 하염없이 눈물이 났다는 엄마의 얘기를 수없이 들었다. 불행 중 다행으로 큰 병을 앓은 적은 없지만, 초등학교 졸업 전까지 평생 갈 병원은 다 갔을 만큼 병원에 자주 다녔다.

그리고 나는 여전히 병원 갈 일이 많은 어른으로 자랐다. 수식어를 덧붙이자면 '병원 가는 걸 극도로 싫어하는데도' 병원 갈 일이 많은 어른. 달라진 점이 하나 있기는 하다. 어릴 때는 증상이 발현되자마자 엄마 손에 이끌려 병원에 갔지만, 요즘에는 최대한 참고 참고 참다가 안 되겠다 싶을 때 병원에 간다는 것 정도? 솔직히 말하면 지금도 묵은 치통을 참으며 치과 가는 걸 차일피일 미루는 중이다. 어금니에 충치가 생긴 것 같은데 이 악물고 서너 달을 버티고 있다. 병을 키우는 일이라는 길, 미련한 일이라는 걸 잘 알지만 그만큼 병원 가는 게 싫다. 생각만 해도 지긋지긋하니까, 병원은!

그런 나에게 좋아하는 병원이 생겼다. 동네 안과 얘기다. 얼마 전 아침에 눈을 떴는데 오른쪽 눈이 잘 보이지 않았다. 시야가 뿌옇고, 눈을 깜빡일 때마다 통증도 있었다. 일어난 지 얼마 안 돼서 그런가 보다 대수롭지 않게 여겼는데, 한두 시간이 지나도 눈 상태가 그대로였다. 30년 차에 접어든 프로 환자로서 불길한 촉이 왔다. 이건 분명 치료를 미룰 수 없는 상태였다. 덜컥 겁이 나 병원 가기 싫은 마음을 꾹 누르고, 급한 대로 집 근처 안과에 가기로 마음먹었다. 그렇다고 아무 곳에나 갈 수는 없으니 지도 앱을 켜서 리뷰를 하나씩 읽어보며 거리가 가까우면서도 별점이 높은 병원 한 군데를 찾아 예약했다.

흐린 눈으로 도착한 곳은 동네 시장 근처 낡은 건물에 자리한 오래된 안과였다. 엘리베이터도 없어 3층까지 걸어 올라가야 했다. 2층까지 올라가는 동안 나는 이런 장소에 병원이 있다는 사실에 놀랐고, 병원에 들어가서는 환자가 바글바글하다는 것에 또 한 번 놀랐다. 마치 을지로의 간판 없는 힙한 맛집 같았다. 가는 동안에는 '여기가 진짜 맞다고?' 의심을 품게 되지만, 막상 가보면 세상 사람들이 다 모여 있는 것 같다는 점에서 그랬다. 한편으로는 안심이 되기도 했다. 환자가 이렇게 많은 데에는 다 이유가 있을 터였다.

접수를 하고 사십 분쯤 대기한 후에야 진료실로 들어갈 수 있었고, 그곳에는 백발이 성성한 할아버지 의사 선생님이 앉아 계셨다. 곧바로 증상을 얘기했고 선생님은 별다른 질문 없이 그저 고개만 끄덕였다. 그러더니 무심한 말투로 "저기 앉아보세요."라며 기구가 부착된 진료용 전동 의자를 가리켰다. 지도 앱의 높은 평점과 대기실에 앉아 있는 수많은 환자를 보고 선생님이 친절하실 거라 짐작했던 나는 내심 실망했다. 선생님의 표정에서도, 말투에서도 친절함보다는 무심함이 느껴졌다. 좀 더 큰 병원에 가볼걸 그랬나 잠시 후회도 했다. 그런데 진료용 의자에 앉는 순간! 모든 의심을 거두고 이 병원의 인기를 납득할 수 있게 됐다. 선생님이 진료실 구석에 자리한 조그마한 세면대에서 세상 누구보다 진지한 표정으로 뽀득뽀득 손을 씻으셨기 때문이다. 세정제를 쭉 짜서 거품을 충분히 낸 뒤 손가락 한 마디, 한 마디를 정말 정성스럽게. 하도 닦아 손이 거의 창백해 보일 지경이었다. 30년 병원 경력자로서 안과도 여러 군데 다녀봤지만, 이렇게 정성껏 손을 씻으시는 의사 선생님은 본 적이 없었다.

진료 결과 내 증상은 안구 건조증 때문인 걸로 밝혀졌다. 안구가 너무 건조한 탓에 눈을 뜨는 순간 눈꺼풀 안쪽과 각막에 마찰이 발생하며 상처가 생긴 거라고 했다. 선생님은 다시 한번 무심한 목소리로 인공 눈물과 안연고를 처방해줄 테니 다음 주에 한 번 더 내원하라고 하셨다. 뒤이어 간호사 선생님이 나를 진료실 한편의 적외선 치료기 앞으로 안내해주셨고, 눈을 감고 적외선을 쬐는 동안에도 들을 수 있었다. 의사 선생님이 다음 환자 진료를 앞두고 또

한 번 뽀득뽀득 손 씻으시는 소리를. 그리고 그 순간, 나는 이 병원을 좋아하게 돼버렸다.

그날 이후 '프로'라는 단어를 들을 때마다 우리 동네 안과 의사 선생님이 생각난다. 백발이 성성해질 정도로 경력이 쌓여도, 가장 기본적인 것을 누구보다 정성 들여 하는 사람. 그리고 그것으로 환자들에게 신뢰를 주는 사람. 필요 이상으로 친절하지 않아도, 병원이 엘리베이터도 없는 낡은 건물에 있어도, 환자들이 선생님을 찾는 이유는 분명 거기에 있었다.

연차가 쌓이고, 회사에서의 직급은 점점 높아지는데 어쩐지 하나도 기쁘지 않은 시기가 있었다. 누가 봐도 프로가 되어야 마땅한 연차인데, 나는 아직도 아마추어 같다는 생각이 들어서였다. 책임감과 함께 커져가는 부담감을 안고 지금보다 더 나아져야 한다고 나도 모르게 나를 몰아세웠다. 누가 시키지도 않았는데 괜한 무리를 하기도 했다. 문제는 그러다가 결국 이도 저도 못하고 괜히 지치기만 하는 날들이 더 많았다는 거다. 심지어 뭘 해야 할지 잘 모르겠다는 생각이 들 때도 있었다. 그런데 의사 선생님 덕분에 프로의 의미를 재정의 해보며 마음이 조금은 가벼워졌다. 자꾸 뭘 더 하려고 애쓰기보다 내가 해오던 기본적인 것들을 좀 더 정성 들여 해보자고, 그게 더 프로다울 수 있다고. 나를 다독일 수 있게 된 서다.

그리하여 내가 내린 결론은 '초심'으로 돌아가야겠다는 것. 그동안 초심이란 '처음에 먹은 마음'대로 더 잘해보려고 노력하는 것이라고 생각했다. 그러나 의사 선생님께 배운 초심은 '잘해보려는 괜한 욕심을 버리는 것'에 더 가까웠다. 요란하게 뭘 더 하려는 대신, 내가 하고 있던 가장 기본적인 것들에 정성을 들이는 일 말이다. 그렇게 초심을 지키다 보면 언젠가는 나도 선생님처럼 내공 가득한 프로의 모습이 되어 있지 않을까.

며칠 전에 문득 지도 앱에서 그 안과의 리뷰를 꼼꼼하게 읽어봤다. '선생님이 손을 깨끗이 씻으셔서 믿음이 간다.' '이렇게 손을 깨끗하게 씻는 의사 선생님은 처음 봤다.'라는 평이 꽤 있었다. 역시 나만 봤을 리가 없다. 사람들은 다 프로를 알아본다.

여행을 준비하며 알게 되는 것

작년 봄, 회사에서 받은 안식월에 어디를 갈까 고민하다가 강원도 양양에 가기로 했다. 몇 번 가본 곳이라 익숙한 데다 미리 봐둔 숙소도 있었기 때문이다. 바다가 보이는 숙소에서 잘 쉬고, 잘 먹고, 잘 놀다 오기. 단순하지만 생각보다 지키기 어려운 계획도 세웠다.

떠날 날짜를 정하자마자 가장 먼저 한 일은 쇼핑! 놀러 갈 때만 치밀해지는 나는 일찌감치 필요한 물건을 미리미리 사두었다. 이를테면 바닷가 백사장에 깔고 앉을 크고 보송보송한 비치 타월과 내리쬐는 햇볕 아래에서 쓸 챙이 넓은 모자 같은 것들. 수련회 가기 전에 새 옷 한 벌씩 꼭 장만하는 중학생처럼 안식월 때 입을 옷도 두어 벌 마련했다.

여행을 준비하며 양양에 챙겨 갈 짐을 매일매일 부지런히 메모했다. 3주간 양양에만 있을 예정이라 지내는 데 불편함이 없도록 잊지 않고 이것저것 챙겨야 했다. 가까운 마트마저 차로 꽤 가야 하는 거리라 뚜벅이 여행자인 나에게 '가서 사자!'는 해당 사항이 없었다.

가장 먼저 목록에 적어둔 건 홍차와 캠핑 의자. 내가 머무는 숙소 바로 앞 바닷가에서 캠핑 의자에 앉아 홍차를 마시며 일출을 보는 게 안식월에 꼭 해보고픈 로망 중 하나였다. 그다음은 캔들 라이트. 밤마다 향초를 켜두고 약간은 침침한 조명 아래에서 글도 쓰고 책도 읽을 참이었다. 읍내까지 이동할 교통수단으로 (서울에서는 좀처럼 타지 않는) 접이식 자전거도 챙겨 가고 싶었다. 시간 날 때 속초 영랑호에 가서 자전거로 호수도 한 바퀴 돌아야겠다고도 마음먹었다. 그렇게 옷과 신발, 화장품, 세면도구 등 꼭 필요한 것을 쭉 적어 내려가다가… 말았다. 마트에서 장 보고 받은 영수증처럼 끝도 없이 길어지는 짐 목록을 보자 정신이 번쩍 든 거다. 이 모든 걸 다 가져가려면 적어도 용달차 한 대는 불러야 할 판이었다.

이 중에 정말 필요한 게 뭘까. 그제야 이성을 되찾고 목록을 훑었다. 있으면 좋겠지만 없어도 크게 상관없는 것들, 가져가도 한두 번 쓰고 말 것들, 가져간 걸 잊고 가방에 그대로 담아 돌아올 게 뻔해 보이는 물건들이 여럿 보였다. 머리에 이고 지고서라도 다 가져가고 싶은 마음을 꾹 누르고, '가져가고 싶은 것들' 중에서 꼭 있어야겠다 싶은 것들만 그물망으로 건져냈다. 그랬더니 노트북, 옷가지 몇 개,

홍차 티백 몇 개, 책 몇 권 정도가 남았다. 이전보다 훨씬 간소해진 짐을 보니 명확해졌다. 나한테 중요한 것, 나한테 꼭 필요한 것들은 바로 이런 것들이구나.

한결 단출해진 짐 목록을 다시 정리하며, 여행을 떠난다는 건 소거의 과정이라는 생각이 들었다. 없어도 아무 상관없는 것, 없어도 죽지 않는 것, 없으면 불편하기는 하지만 잇몸으로 때울 수 있는 것들을 하나씩 지워가는 과정. 그리하여 지금 나에게 가장 필요한 게 무엇인지 알아내는 과정 말이다.

비단 물건에만 한정된 얘기가 아니다. 현시점 나에게 가장 중요한 '가치'가 무엇인지도 짐을 싸다 보면 알 수 있다. 챙긴 짐들을 돌아보며 나에게 지금 가장 필요한 건 할 일 잠시 제쳐두고 차 한 잔 마실 여유와 읽고 싶어 쌓아두기만 한 책을 펼 수 있는 시간 같은 거라는 걸 새삼 느꼈다.

아마도 최후의 최후에 그물망에 건져 올려지는 건 그때그때 다를 거다. 그 순간 나에게 가장 중요한 것, 가장 필요한 것들로 채워지겠지. 그걸 알기 위해서라도 잠깐씩 짬을 내어 떠나는 사람이 되고 싶다. 매일 반복되는 일상이 지겨

워서가 아니라, 그저 떠나보지 않으면 영영 알 수 없는 것들을 발견하려는 마음으로.

유토피아는 행운을 찾는 부지런함 속에 있다

안식월을 떠날 무렵 나는 정말 심각하게 서울에서의 일상에서 벗어나고 싶었다. 알람을 다섯 개씩 맞추고도 제때 못 일어나는 내가, 재택근무 이후 집 밖으로 나가지 않으며 하루에 300보도 채 걷지 않는 내가(엄마는 내게 그러다가 다리 근육이 퇴화하는 거 아니냐고 했다), 하고 싶은 일을 상상만 하고 실천으로 옮기지 못하는 내가, 양양에만 가면 달라질 수 있을 거라고 생각했다. 일할 때보다 여유 있을 테니 내 삶을 더 잘 돌볼 수 있지 않을까 기대도 했다. 양양에서의 3주를 알차게 보내기 위한 계획도 한가득 세웠다. 이렇듯 떠나기 전까지만 해도 양양에만 가면 내가 원하던 삶을 살 수 있을 거라고 확신했다. 휴대폰 캘린더에 양양 갈 날을 표시해두고 디데이를 세가며 그날만 손꼽아 기다렸을 정도로.

그런데… 애석하게도 내가 원하던 삶이 양양에 없다는 사실을 도착하자마자 너무 빨리 깨달아버렸다. 양양살이 첫날, 당장 저녁 한 끼 먹는 것부터 난관이었다. 배가 고파 죽겠는데, 가장 가까운 식당은 숙소에서 차를 타고 오 분, 걸어서는 이십오 분 이상 가야 했다. 뭘 만들어 먹을까도 생각했지만 숙소 앞 작은 마트에서 살 수 있는 거라고는 라면이 전부였다. 하다못해 된장찌개라도 끓여 먹으려면 차로 십오 분 걸리는 양양 읍내의 마트까지 가야 했다.

그래도 첫날부터 아무거나 먹고 우울해할 수는 없지! 나는 막막한 마음과 허기를 억지로 꾹꾹 누르고는, 미리 찾아 둔 양양 맛집 리스트를 쑥 훑었다. 아주 가깝지는 않지만, 그래도 택시 타고 갈 만한 거리에 유명한 막국수 맛집이 있었다. 비바람이 몰아치는 날씨를 뚫고(이건 고난을 상징하는 클리셰였다), 간신히 막국숫집에서 회막국수와 수육을 포장했다. 케이블 채널의 저명한 맛집 프로그램에도 출연했던 식당이라기에 기본 이상은 할 거라는 믿음을 갖고. 그런데 숙소에 돌아와서 포장을 뜯어보니 막국수는 다 불어 터져 있었고, 식어버린 수육에서는 돼지 냄새가 팍 났다. 정확히 막국수 다섯 젓가락, 수육 한 점을 먹고 젓가락을 내려놨다. 지도 앱에 양양 맛집만 족히 오십 개는 넘게 표시해둔 내가 양양에서의 첫 식사에 실패했다는 게 믿기지 않았다.

다음 날, 양양살이를 이렇게 망칠 수 없다는 생각에 아침부터 부지런을 떨었다. 계획은 '숙소 근처'의 '바다'가 보이는 '조용한' 카페에서 글쓰기. 이게 그리 까다로운 조건이라고 생각하지 않았다. 숙소 근처에는 널린 게 바다였고, 내가 머무는 곳은 양양의 핫 플레이스와 거리가 조금 있었기에 조용한 카페가 하나쯤은 있을 거라 자신했기 때문이다. 마침 조건에 맞아 보이는 카페를 미리 점찍어두기도 했다. 바다가 보이는 카페에 홀로 앉아 차 한 잔 마시며 글을 쓰는 나. 서울에서는 상상조차 할 수 없던 여유가 뚝뚝 묻어났다. 나는 기대를 품고 지체 없이 숙소를 나섰다. 그런데 노트북을 둘러멘 채 이십 분을 걸어 찾아간 그 카페는… 만석이었다! 5월의 어느 평일 오전, 양양군 현북면 하조대에 이렇게 많은 사람이 모여 있다니.

나는 다시 우울해졌다. 게다가 인스타그램에서 봤을 땐 카페가 꽤 널찍해 보였는데, 실물은 사진보다 비좁았고 오래 앉아 글을 쓸 수 있는 컨디션도 아니었다. 막막해진 마음을 안고 다시 지도 앱을 열었다. 다행히 바로 근처에 표시해둔 또 다른 카페가 있었다. 마당도 널찍한 데다 보더콜리가 반겨주는 카페가! 나는 실망으로 꼬깃꼬깃해진 마음을 애써 편 다음 무거운 노트북을 짊어지고 그곳으로 향했다. 그리고 알게 됐다. 그 카페는 주말에만 영업한다는 사실을.

카페 문 앞에 걸린 'closed' 팻말을 보고 나는 목 놓아 울고 싶어졌다. 와, 카페 가는 게 이렇게 어려운 일이었어? 널리고 널린 게 카페일 거라 생각했는데. 투덜거리며 최후의 보루로 남겨둔 비장의 카드를 꺼냈다. 숙소 근처인 하조대를 벗어나 핫 플레이스가 몰려 있는 인구해변으로 향하기로 했다. 사람이 많은 동네라 인구 밀도가 높을 게 분명했지만 내겐 선택지가 없었다. 바다가 보이는 '조용한' 카페에서 글을 쓸 수는 없더라도 바다가 보이는 '시끄러운' 카페라도 가야만 했다. 그날 결국 나는 관광객이 쉴 새 없이 돌아다니며 인증 숏을 찍는 어느 카페에 앉아 글을 쓰는 둥 마는 둥 하고 숙소로 돌아왔다. (나도 관광객이면서 관광객을 피하려 했다는 사실이 지금 보니 좀 우습다.) 바다가 보이는 뷰에서도 이렇게 불행할 수 있다는 걸 그때 알았다.

양양살이 3일 차. 양양에서의 로망은 어느 정도 체념한 채로 눈을 떴다. 베란다 너머로 반짝이는 윤슬을 보고 잠깐 기분 좋아졌다가 이내 다시 침통해졌다. 식당은 멀고, 바다가 보이는 조용한 카페는 없다니. 게다가 양양에 온 후로 밥다운 밥 대신 빵이나 피자로 끼니를 때우고 있었다. 그나마 걸어갈 수 있는 거리의 식당 두 곳이 모두 피자집이었기 때문이다. 이래 봬도 서울에서는 피맥(피자+맥주)에 환장하던 사람인데, 곡기 없이 밀가루만 연달아 먹으려니 속이 느끼했다. 아무것도 하기 싫어져 오전 내내 침대에 누워 있었다. 시시껄렁한 유튜브 동영상만 넘겨 보다가 갑자기 찔끔 눈물이 났다.

'이게 뭐야. 양양까지 왔는데 서울에서보다 일상이 더 엉망이네. 난 진짜 구제불능이다!'

평소에는 잘 하지 않던 극단적인 생각까지 더해져 기분이 한없이 다운됐다.

그렇게 무의미한 시간을 흘려보내다 오기가 생겼다. 그래, 이 동네 사람들이 단체로 곡기를 끊었을 리 없잖아? 나는 어느 때보다도 간절하게 피자집도 아니고 빵집도 아닌, '밥집'을 찾기 시작했다. 숙소 근처에서부터 조금 떨어진 양양읍까지 지도 앱을 확대해가며 밥집으로 보이는 가게들의 상세 정보를 하나하나 다 눌러봤다. (지도 앱을 삼십 분은 족히 들여다보고 있었던 것 같다.) 인스타그램에서는 검색되지 않던, 밥집 몇 군데가 보였다. 그중에 내 눈에 들어온 건 '행복 식당'이라는 순댓국집이었다. 지도 앱에 리뷰도 세 개밖에 없는, 굳이 찾아가는 맛집이 아닌 평범한 동네 식당이었다. 그러나 이제 그런 건 아무런 상관이 없었다. 내 배 속이 뜨끈한 국물과 흰쌀밥을 간절히 원하고 있었다. 택시를 타고 양양읍으로 향했다. 택시비가 무려 1만 8천 원이나 나왔지만 눈에 들어오지 않았다.

기사님이 나를 세워주신 위치에서 길을 건너 골목 안쪽으로 조금 들어가자 드디어 행복 식당이 보였다. 빨간색으로 '행복', 파란색으로 '식당'이라고 적혀 있었다. 미닫이문을 열고 들어가자 아무도 없는 휑한 홀이 보였다. "혹시 지금 식사 되나요?"라고 조심스럽게 묻자, 주방에서 설거지 중이던 사장님이 편한 데 앉으라고 말씀해주셨다. 자리에 앉으며 메뉴판을 쓱 훑었다. 소머리국밥, 뼈해장국 등 메뉴가 다양했지만 지체 없이 순대국밥 한 그릇을 주문했다. 홀 한편에 자리한 TV로 막장 드라마를 시청하는 사이 순대국밥이 내 앞에 놓였다.

김이 펄펄 나는 순대국밥에 들깨 한 스푼을 풀고 새우젓을 조금 넣었다. 그러고는 국물 한 입을 들이켰는데…, 며칠간 먹었던 피자와 빵이 쑥 내려가는 느낌이었다. 막장을 찍은 순대를 호호 불어 입에 넣자 이곳이 왜 '행복 식당'인지 절감하게 됐다. 나는 진심으로 행복했다. 양양에 온 뒤 처음으로! 순댓국 한 숟가락에 이렇게 가득 채워질 마음이었다니. 조금 웃겼지만 말이다.

순댓국 한 그릇을 뚝딱 비우며 든든한 배와 넉넉한 마음을 얻게 된 나는 식당에서 일 분 거리에 위치한 카페로 향했다. 이곳 역시 행복 식당을 찾을 때처럼 지도 앱에서 근처 아무 가게나 다 눌러보다가 발견한 곳이었다. 그런데 이곳은 내가 얼마 전 방문했던 인구해변 핫 플레이스보다 백배는 더 좋았다. 사장님의 취향이 한눈에 엿보이는 빈티지 가구하며, 푸릇하게 잘 가꿔진 식물까지. 취향 저격이었다. 바다가 보이지도, 숙소에서 가깝지도 않았지만 맘에 쏙 들었다. 그날 그렇게 카페에 한참을 앉아 사진도 찍고 글도 쓰며, 평소엔 거의 마시지 않던 커피도 한 잔 마셨다. 행복하면서도 조금은 이상했다. 내가 양양에서 발견한 최고의 장소가 인스타그램으로 찾아둔 맛집과 카페가 아닌, 랜덤으로 찍어 찾은 평범한 식당과 카페라는 사실이.

나는 나도 모르게 양양을 유토피아, 그러니까 궁극의 행복을 맛볼 수 있는 곳이라 믿었던 것 같다. 그곳에만 가면 행복을 손에 쥘 수 있을 거라고. 작잡한 현실을 당장 벗어던질 수 있을 거라고. 그러나 당연히 그런 일은 일어나지 않았고 심지어 아주 엉망인 하루를 보낸 날도 있다.

그렇게 양양살이 며칠 만에 유토피아는 없다는 걸 알았다. 그저 흘러가는 하루 속 어쩌다 우연히 마주치는 행운 정도만 있을 뿐. 행복 식당의 순대국밥을 먹은 일이나, 빈티지 가구와 식물로 가득한 카페에서 보낸 시간처럼 아주 우연한 행운 말이다. 그러니 앞으로 내가 해야 할 일은 가만히 앉아 유토피아를 꿈꾸지 않고, 부지런히 행운을 찾아 나서며 행복해질 수 있는 확률을 높이는 것일 테다.

서울에서의 삶이 다시금 팍팍하게 느껴질 때마다 양양에서 보낸 안식월을 떠올린다. 유토피아와는 거리가 멀었던 그해 6월의 양양을. 그러고는 이 사실을 잊지 않으려 한다. 유토피아는 어디에 떡하니 '존재'하는 게 아니라, 내가 두 발로 부지런히 찾아다닐 때 마주할 수 있는 '행운'이라는 것을. 그 말은 즉, 서울에서도 부지런을 떨면 얼마든지 유토피아에 가 닿을 수 있다는 뜻이기도 하니까.

p.s. 다행스럽게도 양양살이가 끝나기 전에 내가 원하는 조건(공간이 넓어서 눈치 보이지 않고, 사람이 없어 조용하며, 숙소에서 걸어갈 수 있는 거리)의 카페를 찾았다. 눈알이 튀어나오도록 지도 앱을 서치하고 발품을 판 덕이다. 그 이후 양양에서의 삶은 그런대로 행복했었다는 후기를 전한다.

좋아하는 무언가로
기억될 수 있다면

최근 몇 년 사이 내가 받은 선물 중 상당수는 스누피와 관련된 것이다. 스누피가 그려진 머그 컵과 유리컵부터 접시, 시리얼 볼, 피규어, 트레이, 잠옷, 북백, 파우치, 북마크 등 다양한 종류의 스누피 아이템을 여러 사람에게 선물받았다. 내가 스누피를 좋아한다는 걸 알게 된 지인들이 언제부턴가 생일 선물은 물론, 여행 기념품마저 스누피와 관련된 것으로 주고 있기 때문이다. 덕분에 내 방은 물론 집 안 여기저기에 스누피 아이템이 넘쳐나는 중이다. (지금도 스누피 잠옷을 입고, 스누피 컵에 물을 따라 마시며 이 글을 쓰고 있다.) 사실 작년 내 생일에는 '이제 이만하면 스누피 아이템을 받을 만큼 다 받은 것 같다.'는 생각이 들 정도로 스누피 아이템을 잔뜩 갖게 됐다.

그렇게 스누피 더미에 파묻혀서 생각했다. 무언가를 좋아한다고 말하는 것의 영향력이 이렇게나 크다는 사실에 대해. 친한 친구들은 이따금씩 스누피가 그려진 아이템을 발견하면 나에게 링크를 보내주고는 한다. 소품 숍을 구경하다 스누피가 그려진 소품을 봤다며 연락을 주는 친구들도 있다. 심지어 제주도 여행 기념 선물로 감귤 초콜릿, 오

메기떡 대신 스누피 파우치를 사다준 친구도 있다. 시공간을 가리지 않고 '스누피' 하면 나를 떠올리게 된 지인들이 그만큼 많아진 거다.

사실 본격적으로 스누피를 좋아하고, 관련 아이템을 수집하기 시작한 건 불과 4, 5년 정도밖에 되지 않았다. 어릴 적 비디오 대여점에서 〈피너츠〉를 유독 많이 빌려 보기는 했지만, 그렇다고 스누피 캐릭터 자체를 엄청 좋아했던 건 아니다. 나는 오히려 스스로를 찰리 브라운에 대입해보는 쪽이었고, 캐릭터보다는 서사 때문에 〈피너츠〉를 좋아한 다소 성숙한(?) 어린이였다.

그러다 스누피의 매력을 재발견하게 된 건 20대 후반이 되어서였다. 문구점, 소품 숍 구경이 취미인 나는 도쿄로 여행을 갔다가 한 층이 전부 스누피 아이템으로 가득 찬 문구점을 발견했다. 그 순간 동심이 확 살아난 나는 우산부터 장바구니까지 스누피 아이템을 신나게 쓸어 담았고 한편에 마련된 포토존에서 사진까지 찍었다. 스누피 아이템 수집광이 된 건 그때부터였다.

스누피 덕질의 역사가 그리 길지 않음에도, 주변 지인들은 금세 나의 스누피 덕질을 눈치챘다. 스누피 노트에 스누피 볼펜으로 필기를 하고, 비 오는 날이면 스누피 우산을 쓰고 다녔으니 모르기도 어려웠겠지. 아무튼 그 이후로 많은 사람들이 나에게 스누피가 그려진 무언가를 선물해주는 일이 잦아졌다. "너 스누피 좋아하잖아." "스누피 보니까 네 생각 나서 샀어." 같은 다정한 말과 함께.

그래서 어느 순간부터는 스누피보다도 내가 스누피를 좋아한다는 걸 사람들이 기억해준다는 사실이 더 좋았던 것 같다. 무언가를 좋아한다는 이유만으로 사람들에게 기억되고, 따뜻한 연락도 받을 수 있다는 사실이 기뻤다.

그러고 보니 나 역시도 주변 사람들이 좋아하는 것들로 그들을 떠올리는 순간이 많았다. 예쁜 잠옷을 좋아하는 친구, 향에 관심이 많은 친구, 운동에 열심인 친구…. 그들이 좋아하는 것들을 보면, 자연스럽게 그들이 연상됐다. 그럼 나 역시도 주변 사람들이 그랬듯이 이거 보라며 링크를 보내기도 하고 때때로 선물을 하기도 했다.

우연히 시작된 스누피 굿즈 수집으로 알게 됐다. 좋아하는 것을 꾸준히 말하고, 널리 알리는 일의 중요성을. 그래야 좋아하는 것들로 남들에게 기억될 수 있을 테니 말이다. 그런 의미에서 스누피 말고 나는 또 어떤 것들로 기억될 수 있을까 고민해봤다. 그러다 약간 오버일 수 있지만 이참에 내가 좋아하는 것들을 한번 정리해보기로 했다. 다 기록하려면 한도 끝도 없겠지만, 일단 남들에게 알리고 싶은 열 가지만 콕 집어서!

〈내가 좋아하는 것 목록〉

1. 점프 수트

2. 홍차

3. 요루면 잠옷

4. 시트러스, 그린 계열 향이 나는 보디로션

5. 만두와 떡볶이, 에그 샌드위치

6. 뮤지컬 〈헤드윅〉

7. 에일맥주

8. 아사면 차렵이불

9. 사이즈가 큰 에코 백

10. 라디오

나를 아는 사람들이 앞으로 여기에 적힌 것들을 마주할 때마다 나를 한 번씩 기억해주었으면 좋겠다. 좋아하는 무언가로 기억된다는 건 멋진 일이니까. 좋아하는 것을 나누며 서로를 자주 떠올릴 수 있는 우리가 되었으면 좋겠다. 그 잠깐의 떠올림이 때론 고마움, 위안, 반가움, 기쁨이 되어 누군가의 마음속에 머물 수 있을 테니 말이다. 그런데… 어째 받고픈 선물 위시 리스트 같아 보인다면 오예입니다.

대단할 필요 없어,
아무것도 아니지만 말자

초등학교 때 나는 부반장만 하는 애였다. 그것도 꼭 2학기 부반장만. 반장 선거의 역학 관계에 따르면 1학기 반장과 부반장은 보통 학기 초부터 눈에 띄는 애들이 도맡는다. 활발한 성격으로 분위기를 주도하거나 공부를 잘하거나 인기가 많거나 혹은 셋 다 해당되는 친구들 말이다. 1학기 반장은 반에서 가장 영향력 있는 존재라는 걸 증명하는 자리이기도 했지만, 동시에 아직 관계가 덜 여문 반 친구들을 이끌어야 하는 자리이기도 했다. 게다가 아직 반 아이들의 이름을 미처 익히지 못한 선생님의 심부름꾼 역할도 해야 해서 은근 품이 많이 들었다.

2학기 반장은 처음부터 눈에 띄는 타입은 아니지만 볼수록 두각을 나타내는 친구들의 몫이 되었다. (알고 보니) 활발한 성격으로 분위기를 주도하거나 (알고 보니) 공부를 잘하거나 (알고 보니) 인기가 많은 그런 애들. 이제는 친해질 대로 친해져 한껏 시끄러워진 반 친구들에게 큰 목소리로 "조용히 하자!"를 외치는 것이 2학기 반장의 주요 임무였다. 업무량을 적확하게 비교할 수는 없지만 1학기 반장보다는 확실히 성대 쓸 일이 많은 것만은 확실했다.

그렇다면 대망의 2학기 부반장은? 앞서 소개한 요직들과 달리 대단히 특출난 점은 없지만, 그런대로 평판이 나쁘지 않은 애라면 그럭저럭 당선이 가능했다. 이를테면 나 같은. 게다가 다른 임원직과 달리 시기상, 역할상 비교적 할 일이 적었다. 학기 초도 아니고 반장도 아니니까. 즉, 임원이기는 한데 화려한 스펙 없이도 비벼(?)볼 수 있으면서 의외로 한직인 자리가 바로 '2학기 부반장'인 것이다.

어린 서재경은 영악하게도 이 가성비 넘치는 임원직의 속성을 간파하고 있었던 모양이다. 내가 왜 늘 반장 선거가 아닌 부반장 선거에만 나가는지 궁금해진 엄마가 하루는 그 이유를 물었다고 한다. 워낙 오래된 일이라 잘 기억나지는 않지만 엄마의 증언에 따르면 내 대답은 이랬다.

"반장은 너무 힘드니까."

그렇다. 나는 그 어린 나이에도 '힘들까 봐' 제1 권력은 포기하고 제3 또는 제4 권력을 고르는 아이였던 거다. 이걸 권력욕이 있다고 해야 할지 없다고 해야 할지 알 수 없지만 무튼 어린 시절의 나는 그랬다. 내 그릇이 어느 정도의 크기인지 꿰뚫고 있었던 그때의 나… 칭찬해.

나이를 먹을수록 2학기 부반장만을 고집하던 뚝심과 소신은 어디 가고 자주 갈팡질팡한다. '잘 사는 게 뭘까?'를 고민하며 방향을 잃을 때가 많아진 거다. 얼마 전에는 유튜브에서 경매로 집 산 20대를 보며 '나도 부동산 공부나 해볼까. 어느덧 서른 중반이 다 되어가는데 집이 없는 게 맞나.' 하는 생각을 했다. 최연소 임원이라는 어느 30대의 기사를 본 날에는 '역시 사람은 본업을 열심히 해야지. 회사에서 인정받고 자리 잡는 게 중요해.'라고 목표를 바꿨다. 그러다 잠들기 전에 내 또래 작가가 쓴 책을 읽으며 '나도 이런 글 쓰고 싶다. 이런 역작 하나 남기는 게 잘 사는 삶인 것 같아.'라고 또 다른 결론을 내려버리는 거다.

이 갈팡질팡의 굴레를 반복하다 보면 조급해지기 시작한다. 지금쯤이면 뭐라도 되어 있어야 하는데, 아직 뭣도 아닌 나를 견디기 힘든 순간이 자꾸만 오기 때문이다. 그래서 요즘은 2학기 부반장을 고집하던 예전의 나를 자주 소환하게 된다. 뭔가 되어야 할 것 같다는 압박감에 시달릴 때 초등학생 서재경의 '2학기 부반장론'을 떠올리는 거다.

그러면 '아주 대단한 사람이 될 필요 없다. 그냥 아무도 아니지만 말자.'라는 생각이 들며 마음이 조금은 편해진다.

잊고 있었다. 최고가 꿈이 아닌 사람도 있다는 걸. 1등이 목표가 아닌 사람도 있다는 걸. 그런데도 나는 종종 다른 사람들이 1등을 향해 달리니까 나도 그 방향을 향해 뛰어야 할 것만 같은 생각에 사로잡힐 때가 많다. 내 자신이 아주 많은 양의 내용물을 담아낼 그릇이 아니라는 걸 어려서부터 알고 있었는데도. (더 정확히 말하면 많은 양의 내용물을 담아낼 생각 자체가 없는 그릇에 가깝다.)

결국 중요한 건 잘 사는 게 아니라 나답게 사는 거니까 나는 앞으로도 쭉 2학기 부반장 정도의 꿈과 목표를 갖고 살아가 볼 참이다.

뭐, 누군가는 2학기 부반장도 대단한 거 아니냐고 할 수 있다. 그래도 나는 2학기 부반장쯤은 꼭 하고 싶다. 왜냐면 나는 권력욕 없는 애 중에 제일 권력욕 많은 애니까. (뭐 안 되면 미화부장이나 환경부장이라도.)

p.s. 이 글을 쓰고 나서 얼마 뒤 구교환 배우가 TV에 나와 본인

은 '2학기 반장형'이라고 인터뷰한 내용을 봤다. 1학기 때 캐릭터를 쌓아 2학기 때 반장이 되는 타입이었다고. 그분도 MBTI가 나와 같은 INFP던데. 아무래도 MBTI는 과학인 것 같다. (농담!)

3장

나를 더 좋은 곳으로
데려갈 의무가 있다

울 엄마가 그랬다,
내 장점은 포기를 잘하는 거라고

발레, 스케이트, 플루트, 수영, 미술, 피아노. 어렸을 때 학원을 참 많이 다녔다. 다른 말로 하면 한 학원을 끈기 있게 다니는 스타일이 아니었다는 거다. 다니다가 한계에 부딪히거나 흥미를 잃는 순간, 나는 가차 없이 학원을 그만뒀다. 발레는 다리가 도저히 안 찢어져서, 피아노는 화성법 이론이 당최 이해가 되지를 않아서, 스케이트는 빙판에서 다른 사람들과 부딪히는 게 너무 무서워서… 배우기를 포기하는 이유도 갖가지였다. 그나마 가장 오래 배운 게 수영인데, 이마저도 다니다 말다를 반복하는 바람에 초급반과 중급반 언저리를 맴돌았다. 나의 끈기는 고급반에 올라갈 때까지 기다려주는 법이 없었다. 그래서 나는 (공백이 긴) 10여 년의 수영 경력에도 불구하고 접영을 잘하지 못한다. 함께 수영장에 놀러 갔던 친구들이 내가 접영 하는 모습을 보고 "허우적대는 것 같아."라며 놀려댔을 정도다.

나를 이렇게 '학원 잘 그만두는 애'로 키운 건 우리 엄마다. 나는 엄마에게 옛날 얘기 듣는 걸 좋아해서 함께 수다를 떠는 밤이면 백번도 더 들었을 어릴 적 에피소드를 묻고 또 물었다. 그럴 때마다 엄마가 빠뜨리지 않고 들려주는 얘기가 '유치원 신발장' 에피소드다.

엄마는 유치원이 끝나는 시간에 맞춰 항상 나를 데리러 오고는 했는데, 그때마다 내가 가장 늦게 나오는 어린이였다고 한다. 왜 이렇게 천천히 나오는 거냐고 이유를 물으니, 일곱 살의 서재경은 이렇게 답했다고 한다.

"신발 신는 데가 너무 복잡해서 애들이 다 신고 나갈 때까지 기다렸어."

어린 나는 번잡한 틈에 껴서 신발을 신느니 차라리 빨리 나가기를 포기해버리는 애였다. 엄마는 이 얘기를 끝마칠 때면 늘 감탄했다. 어쩜 어린애가 이렇게도 지혜로울 수 있느냐고. 그러면서 꼭 한 마디를 덧붙였다.

"네 장점은 포기가 빠르다는 거야."

나는 그 말이 웃겨서 깔깔대다가도 그게 무슨 장점이냐고 엄마를 장난스럽게 흘겨보고는 했다.

세 살 버릇 여든까지 간다고, 포기가 빠른 나는 자라서도 포기가 빠른 어른이 됐다. 첫 회사에 어렵게 취직하고도 딱 3주 만에 나는 회사를 그만두고 싶어졌다. 정말이지 치가 떨리도록 회사가 싫었다! 기분에 따라 시시각각 태도가 변하던 직속 상사와 야근 수당도 주지 않으면서 야근을 강요하던 팀장과 일하면서 나는 점점 시들어갔다. 무엇보다 그곳에서는 내 미래가 보이지 않았기에 결국 회사를 다닌 지 딱 1년 만에 퇴사했다. 내가 속한 팀이 사라지면서 권고사직을 당한 거긴 하지만 부당한 처사를 군말 없이 받아들였다는 점에서 내가 포기한 것이기도 했다.

첫 회사를 나오고 한 달도 채 되지 않아 두 번째 회사에 입사했다. 평균 연령이 40대 후반은 족히 될 것 같은 잡지 회사의 막내 자리였다. 출근 첫날, 상사가 나에게 처음으로 한 말은 이랬다.

"아마 이 회사에서 별로 배워갈 건 없을 거야. 네가 알아서 잘해라."

그리고 그 말은 그냥 겁주는 말이 아닌 진짜였다. 조직 내 누구도 새로운 것에 도전하거나, 관행을 바꿔보려 하지 않았다. 모두가 열심히 해봤자 힘만 빠질 뿐 어차피 결과는 정해져 있다고 생각하는 것처럼 보였다. 아무 힘도 없는 신입 사원이었던 나는 그냥 함께 고인 물로 흘러드는 수밖에 없었다. 하지만 업무 강도는 결코 낮지 않아서 새벽까지 야근하는 날이 잦았다.

한번은 올림픽 시즌인데 아무도 올림픽 특집 기사를 기획하지 않는 걸 보고 내가 덥석 자원을 했다. 그리고 지옥을 맛봤다. 나 혼자 평창에 취재를 다녀와서 여덟 페이지짜리 르포 기사를 쓰게 된 거다. (그 기사는 그 달 내가 써야 하는 열 몇 개의 기사 중 하나일 뿐이었다.) 이틀간 퇴근도 못 하고 회사에서 '졸다 기사 쓰다, 졸다 기사 쓰다'를 반복한 끝에야 겨우 마감을 했다. 형편없는 퀄리티의 기사를 지면에 내보내고 나서 생각했다. 이 회사를 계속 다니다가는 제대로 된 기사도 못 써보고 고인 물이 되거나 과로로 죽겠다고. 그길로 나는 다른 회사에 지원해, 도망치듯 이직을 했다. 나를 챙겨준 몇몇 좋은 선배들만 아니었다면, 아마 더 일찍 그 회사를 박차고 나왔을지도 모른다.

그렇게 나는 사회생활을 시작한 지 3년도 채 되지 않는 짧은 시간 동안 회사를 세 번이나 옮겨 다녔다. 오죽하면 내 친구들은 나에게 이왕 이렇게 된 거 이직 열 번 채워서 책 쓰는 게 어떻겠냐며 만날 때마다 우스갯소리를 했다. 그러나 다행스럽게도 그런 일은 일어나지 않았고, 지금 다니는 세 번째 회사에서 만 4년을 채우는 중이다.

회사라는 곳의 특성이 원래 '가기 싫다'를 연발하게 하기에, 지금 회사를 다니면서도 가끔은 (사실은 자주) 출근하기 싫다는 생각을 한다. 하지만 나는 지난 포기의 결과로 확실히 이전 회사보다는 나은 곳에서 일하게 됐다. 배울 점이 있는 상사와 새로운 것에 부지런히 도전하는 동료들이 언제나 곁에 있는 회사로 말이다. 지난날의 빠른 포기로 나는 과거에 내가 있던 곳보다 훨씬 마음에 드는 곳으로 나를 데려올 수 있었다. 포기가 내게 준 선물이라고 생각한다.

조금이라도 나은 삶을 살기 위해서 우리는 스스로를 더 좋은 곳으로 데려갈 의무가 있다. 그러기 위해서는 잘 포기할 줄도 알아야 한다는 게 내 생각이다. 포기는 무언가를 그만두는 과정이기도 하지만, 한편으로는 별로인 것에서 나를 보호하는 과정이기도 하기에. 만약 어린 시절의 내가 발레, 피아노, 스케이트를 포기하지 않고 꾸준히 배웠더라면 어느 정도 실력이 향상되기는 했겠지만, '재능 없음'을 탓하며 꽤 오랜 시간 주눅 들어 있었을지 모른다. 그게 나의 성격으로 남았을 수도 있고. 첫 회사와 두 번째 회사에서 퇴사하지 않았더라면, 장기근속 사원(?)은 됐겠지만 내가 하는 일에서 그 어떤 흥미나 자부심은 느끼지 못했을 거다. 포기의 과정을 통해 괜찮은 오늘을 만들 수 있었음에 감사한다.

엄마의 말이 맞았다. 내 장점은 포기를 잘하는 거다! 나는 내 인생에서 포기를 자주 꺼내 쓸 줄 아는 내가 좀 맘에 든다.

걸리는 말이 점점
많아진다는 것은

전직 잡지인으로서 잡지 만드는 사람들이 등장하는 영화나 드라마에 본능적으로 정이 가고는 한다. 〈중쇄를 찍자!〉 〈월터의 상상은 현실이 된다〉처럼 망해가는 잡지사가 배경인 영화에는 특히 더. 〈프렌치 디스패치〉 또한 잡지 폐간호에 실릴 특종 기사에 대한 이야기인데, 그 줄거리를 본 순간부터 갑자기 그 영화가 미친 듯이 보고 싶어졌다. 전직 잡지인으로서 이건 봐야만 하는 영화였다.

문제는 이미 개봉하고 시간이 좀 흐른 뒤라 상영관이 많지 않다는 거였다. 어쩔 수 없이 집에서 거리가 있는 영화관으로 예매를 했다. 영하 10도의 추위를 뚫고 무사히 지하철을 타자마자 기관사의 안내 방송이 흘러나왔다.

"기온 급강하로 인해 스크린 도어에 장애가 발생했으니 양해 부탁드립니다."

이 방송을 들은 순간부터 목적지에 가까워질 때까지 민원 문자를 넣을까 말까 한참을 고민했다.

'문이 열리지 않는다.' '고장 났다.' 같은 표현이 있는데 굳이 그걸 '장애'라고 표현해야 했을까. 악의 없는 표현이라는 걸 알았지만 '장애'라는 말이 턱 하고 걸렸다. 내가 내릴 무렵, 한 번 더 안내 방송이 나왔다. 임산부, 노약자, 장애인 등 교통 약자를 위한 배려석은 양보해달라는 내용이었다. 그러게. 여긴 장애인도 함께 이용하는 공간인데. 무심코 나온 안내 방송에 상처받은 사람은 없을지 괜히 주위를 둘러봤다.

결국 나는 민원 문자를 보내지 못하고 지하철에서 내렸다. 문자를 다 적기는 했는데 망설임 끝에 전송 버튼을 누르지는 못했다. '내가 좀 예민한가?' '기관사님이 내 민원 문자로 불이익을 당하면 어쩌지?' 하는 생각 때문에. 그러나 영화관에 도착해서 티켓을 출력하고 영화를 보는 내내 나는 후회했다. 민원 문자를 보냈어야 했다고. 그토록 기대했던 영화가 눈에 하나도 들어오지 않았다.

요즘 이런 일이 잦다. 말이 '턱' 걸려 좀처럼 넘어가지지 않는 일이. 얼마 전 원고를 쓰러 한 프랜차이즈 카페에 갔을 때도 그랬다. 그날도 시작은 안내 방송이었다.

"OO 카페에서 일하는 파트너는 누군가의 소중한 가족이니 잘 대해주세요."

좋은 취지의 안내 방송이라는 걸 안다. 심지어 콜센터에 전화할 때마다 비슷한 류의 안내 멘트가 나오는 걸 여러 번 듣기도 했다. 그땐 아무렇지도 않게 넘겼던 말인데, 그날따라 이런 생각이 들었다.

'그럼 누군가의 가족이 아닌 사람은 어떡하지?'

물론 그 안내 방송이 뜻하는 바가 가족이 없는 사람은 소중하지 않다는 게 아니라는 것쯤은 알고 있다. 그럼에도 그 안내 방송을 들으며 가슴이 찌릿 아플 사람이 지금 내 곁에 있을지도 모른다는 생각을 멈출 수 없었다. 그렇다고 내가 어찌할 수 있는 일도 아닌데. 안 그래도 잘 써지지 않는 글이 그날따라 더 안 써졌다. 결국 모처럼 시킨 조각 케이크를 반이나 남겨둔 채 카페를 나왔다.

악의가 없어도, 좋은 취지여도 누군가에게는 분명 상처가 되는 말이 있다. 고백하자면, 지금보다 좀 더 어렸을 때 나는 '악의가 없다는 것' '좋은 취지라는 것'에 더 방점을 찍는 사람이었다. '그런 의도가 아닌데 왜 꼬아 들어?'라고 생각하는 쪽에 더 가까웠다. 그런데 나이를 먹으면서 점점 내가 '꼬아 듣는 사람'이 되고 있다. 실제로 예전에 비해 좀 꼬여버린 면도 없지 않아 있지만, 그보다는 전혀 상상하지 못했던 처지나 상황에 내 자신이 놓이는 일이 점점 많아지면서 자연스레 변하게 된 것 같다.

나에게 꼭 좋은 일만 있으라는 법은 없다. 인생을 비관해서 이런 말을 하는 게 아니다. 남 일처럼 여겨지던 일이 언제든 나에게 생길 수 있다는 걸 이제는 알아서, 다른 사람 일도 내 일처럼 여기게 된 것뿐이다.

자꾸만 걸리는 말들을 삼키지도, 뱉지도 못하면서 이런 생각을 했다. 나이를 먹는다는 건 걸리는 말이 많아지는 일인 것 같다고. 여행 프로그램 〈꽃보다 누나〉에서 유럽의 웅장한 건축물을 보던 윤여정 배우가 이런 얘기를 한 적이 있다. '어렸을 때는 이런 걸 보며 마냥 멋지다고만 생각했는데, 이제는 이 건축물을 짓느라 얼마나 많은 사람들이 고생했을까.' 하는 생각이 먼저 든다고.

나에겐 아직 아름다운 풍경 뒤에 숨은 이면을 볼 만큼의 내공은 없다. 그러나 적어도 악의 없는 말, 좋은 취지의 말 뒤에 소외된 사람이 있을 수 있다는 걸 어렴풋이 알 만큼은 나이를 먹은 것 같다. 물론 아직 갈 길이 멀지만.

나이를 먹으며 인생이 녹록지 않다는 게 점점 더 분명해지지만, 한편으로는 누군가의 슬픔이나 아픔을 조금은 '덜' 지나칠 수 있게 됐다고 믿는다. 분명 좋은 일이다. 백 살쯤 되면 내가 이해할 수 있는 슬픔이나 아픔의 범위도 더 늘어나겠지. '악의 없는' '좋은 취지'라는 포장으로 남에게 상처 주는 일도 지금보다는 줄어들 테고. 부디 그런 어른이 되는 게 나의 소원이다. 좀 더 욕심을 내볼까? 이왕이면 민원 문자도 팍팍 보내고, 맘에 안 드는 안내 방송 멘트에 컴플레인을 거는 혈기 왕성한 할머니가 되면 좋겠다. 모쪼록 나이를 헛먹지 않기를!

우리 모두는 3D 속
입체적인 존재임을

다들 그럴 때 있지 않나? 과거의 부끄러운 기억이 갑자기 떠올라 소스라칠 때. 그런 순간, 집에 있다면 나는 대체로 "악!" 하고 소리를 지르는 편이다. 가족들이 깜짝 놀라 "왜 그래? 무슨 일이야?" 하고 물어볼 정도로 아주 크게. 밖에 있다면 작게 한숨을 내쉰다. 눈을 질끈 감고 고개를 휘젓기도 한다. 물론 그렇게 한다고 해서 수치스러운 기억이 머릿속에서 금세 휘발되는 건 아니지만 말이다.

수치스러운 기억 중에서도 가장 힘이 센 건, 누군가에게 생각 없이 툭툭 말을 내뱉던 과거의 내 모습이다. 이제는 연락도 닿지 않는 지나간 인연들에게, 혹은 여전히 가깝게 지내는 사람들에게 무심코 실수로 던졌다가 상처를 줬을 나의 말들. 문득 생각나는 이런 실언의 순간들이 꽤 자주 나를 괴롭힌다. 악의 없이 했던 말이지만, 상대에게는 악의로 들렸을지 모를 그 말들이 떠오르면 과거의 나를 찾아가 머리를 한 대 쥐어박고 싶은 심정이 된다.

한때 언론사에 취업하고 싶어서 '언론고시'라 불리는 방송국 입사 시험을 준비했다. 처음으로 들어간 스터디에는 나보다 세 살 많은 언니들이 있었다. 언니들은 나와 비슷한 나이에 언론고시에 뛰어들었다고 했다. 그 말은 즉, 3년이나 시험을 준비했다는 의미였다. 그 얘기를 듣자마자 나는 반자동적으로 감탄하며 "와, 언니들 정말 대단해요!" 라고 외쳤다. 여기까지만 했더라면 좋았을 것을… 괜한 사족까지 덧붙였다.

"저라면 그렇게 못할 거예요."

내 해맑은 한 마디에 한 언니가 웃으며 답했다.

"나라고 이렇게 오래 공부할 줄 알았겠어? 하다 보니 이렇게 된 거지."

1년쯤 시간이 흐른 뒤였나. 언니들과 함께하던 스터디는 해체됐다. 불행히도 다섯 명의 스터디원 중 어느 누구도 방송국의 문턱을 넘지 못한 채로. 얼마 후 나와 동갑내기였던 스터디원 한 명이 로펌 인턴으로 취직했다는 얘기만 어렴풋이 전해 들었을 뿐이다. 당연히 언니들과도 연락이 끊겼다. 그 후로 한동안은 "저라면 그렇게 못할 거예요."라는 망언을 내가 했다는 사실조차 잊고 살았다. 더 솔직히 말하면, 언니들에게 그 말이 상처가 됐을 수 있겠다는 생각도 해보지 않았다.

그렇게 2년이 더 흘렀다. 내 나이는 어느덧 스터디에서 처음 만났을 무렵의 언니들 나이가 되어 있었다. 그리고 그때의 언니들처럼 여전히 언론고시 언저리를 맴도는 중이었다. 그제야 지난날 생각 없이 꺼낸 그 말이 언니들에게 상처가 됐을 수도 있겠다는 생각이 불현듯 들었다. 같은 상황에 놓이니 알 것 같았다. 그때의 나는 아마 언니들과 내가 좀 다를 거라 생각했나 보다. 계속 떨어지면 미련 없이 마음을 접고 다른 일을 하고 있을 거라고. 아니, 어쩌면 내가 안 될 리 없다고 생각했던 것 같기도 하다. 그랬으니 타인과 나 사이에 선을 딱 긋고 "저라면 그렇게 못할 거예요."라는 말을 했던 거겠지.

그런 순간이 종종 있다. 남들도 나와 똑같이 고민하고, 똑같은 과정을 거쳐 결정을 내리는 존재라는 걸 간과하는 순간이. 그럴 때 나는 마치 나만 홀로 3D 세상 속에 사는 사람인 것처럼 내 사정만, 내가 가진 이유만 입체적이라 착각한다. 남들의 이유, 남들의 사정, 남들의 상황은 한없이 납작한 2D인 듯 대하는 거다. 같은 상황에 처하면 결국 나도 같은 선택을 할 수 있는데 잘 알지도 못하면서 제멋대로 다른 사람을 판단하고 만다, 경솔하게.

몇 년 전 영화 〈벌새〉의 김보라 감독이 한 신문에 기고한 글을 읽었다. 그는 타인을 함부로 재단했던 자신의 과거를 떠올리며 이렇게 말했다.

"당신도 내가 그러하듯 '나다운 사람'이 되고자 노력하는 사람일 뿐임을. 나는, 우리는 모두 조금씩 이상하고 아름답고 천박하고 고귀한 그 모든 것임을."

너무 좋아서 필사까지 해둔 이 글귀를 읽으며 생각했다. 나뿐 아니라, 내가 만나는 모든 사람들 역시 다 3D 세상 속에 살고 있는 입체적인 존재임을 잊지 말아야겠다고. 그러니 쉽게 판단하며 나와 다르다고 선 긋지 말아야겠다고.

이렇게 생각하면 반성이 되는 한편 위로도 된다. 날 잠 못 자게 했던 누군가의 말은 그저 나를 납작한 2D 캐릭터로 생각해 튀어나온 것일 테니까. 그런 말에 휘둘릴 필요는 없으니까.

사람들의 면면을 입체적으로 볼 수 있는 사람이 되고 싶다. 그런 기능을 장착한 3D 안경 어디 안 파나. 보이면 당장 하나 살 텐데.

진심을 제대로
전할 수 있을까

동생과 나의 휴가 일정이 우연히 맞아 급하게 가족 여행을 떠난 적이 있다. 갑작스레 떠나게 된 여행이라 숙소를 구하는 게 쉽지 않았다. 꼭 가보고 싶어서 인스타그램 계정을 팔로우해뒀던 숙소는 물론, 근처의 웬만한 호텔이나 콘도, 펜션 등도 모두 예약이 끝난 상태였다. 그렇다고 엄마 아빠를 모시고 이층 침대에서 자야 하는 게스트 하우스에 갈 수는 없는 터. 그때 딱 에어비앤비가 생각났다. 가정집을 숙박 시설로 빌릴 수 있는 에어비앤비에는 아직 예약 가능한 숙소가 있을 것 같았다. 앱을 다운받아 한창 훑어보는데 딱 보기에 근사한 숙소는 이미 예약이 완료된 후였다. 손가락에 쥐가 나도록 끝없이 스크롤을 내리다가 오픈한 지 얼마 안 된 숙소 하나를 간신히 찾았다. 바다가 전망인 오래된 아파트였다. 원래 여행지 숙소는 엄청 신중하게 고르는 편인데, 여기라도 예약하지 못하면 아예 못 떠나겠구나 싶어 황급히 호스트(숙소 주인)에게 메시지를 보냈다.

사실 그곳은 가격도 그리 싸지 않았고, 위치가 아주 좋은 편도 아니었다. 좀 더 나은 선택지가 있었다면 아마도 고르지 않을 곳이었다. 그랬기에 어렵지 않게 예약할 수 있을 줄 알았는데, 결론부터 말하자면 역대급으로 예약이 어려운 숙소였다. 일단 호스트의 답장은 빨리 왔다. 그런데 메시지에는 예약이 가능하다는 말 대신 몇 가지 사전 질문을 하겠다는 내용이 담겨 있었다. 질문은 이랬다.

"리모델링을 한 지 얼마 안 된 곳이니 깨끗이 쓸 수 있나요?"

"다른 주민들도 거주 중인 아파트이니 조용히 이용할 수 있나요?"

뭐, 여기까지는 상식선에서 충분히 약속할 수 있는 내용이니 그러겠다고 답을 보냈다. 그런데 내 대답을 들은 호스트는 다시 메시지를 보내 질문 하나를 더 추가했다. 에어비앤비에 가입한 게 2015년 무렵으로 나오는데 왜 당신이 이용한 숙소 호스트들은 단 한 명도 당신에 대한 리뷰를 남겨주지 않은 거냐고. 그 이유가 궁금하다고.

나는 2015년 가입 이후 에어비앤비를 딱 한 번 이용했는데, 아마도 그때 그 호스트가 나에 대한 리뷰를 남겨주지 않은 모양이었다. 이걸 구구절절 설명하자니 왠지 변명하는 기분이 들었다. 이렇게까지 이 숙소를 이용해야 하는 걸까, 잠시 회의감이 들었지만 다른 대안이 없었다. 노숙을 할 수는 없는 일이니까. 그래서 구구절절해지는 편을 택했다. 2015년 이래 나는 에어비앤비를 딱 한 번 이용했고, 그 숙소 호스트 분이 나에 대한 리뷰를 남겨주지 않은 이유는 잘 모르겠다고. 그렇지만 숙소에서 불미스러운(?) 일을 저지른 적은 없다고.

이후에도 숙소 이용에 대한 각종 다짐을 하고 나서야 어렵게, 정말 어렵게 에어비앤비 예약을 마칠 수 있었다. 마치 면접을 치른 느낌이었다. 이제 다 끝났구나, 한시름 놓으려는데 호스트에게 마지막으로 온 메시지.

"숙소 이용 후 저희 에어비앤비에서의 경험이 만족스러우셨다면 좋은 평가를 남겨주실 수 있나요? 그럼 저도 손님에 대해 좋은 평가를 남겨드리겠습니다."

조금 당황스러웠다. 고객 리뷰가 정말 중요한 세상인 건 알겠는데, 그렇다고 거래하듯 리뷰를 주고받는 걸 당연하게 요구하다니. 내가 이 숙소를 고를 때 유일하게 참고한 것이 있다면 5점 만점에 가까운 평점이었다. 그럼 이 별점들도 다 이런 거래의 일환이었던 걸까? 갑자기 숙소에 대한 신뢰도가 급락했으나 지친 나는 일단 알겠다고, 리뷰를 꼭 남기겠다고 답장을 보냈다. 그제야 비로소 길고 길었던, '예약 면접'이 끝을 맺었다.

물건이나 서비스를 이용하기 전에 좋은 리뷰를 약속하는 일이 낯선 문화는 아니다. 생각해보면 집에서 배달 음식을 시켜 먹을 때 역시 그렇다. 좋은 리뷰와 별점 다섯 개를 남기는 대가로 서비스 음식을 날름 받아먹었던 지난날이 스쳐 지나갔다. 그중에는 별 다섯 개가 아깝지 않은 식당들도 당연히 있었지만, 대체로 그 정도는 아니었다. 그래도 약속은 약속이니까, 별 다섯 개를 성실히 매기고 '맛있어요.' '최고예요.'라는 다소 영혼 없는 리뷰를 등록하고는 했다. 그런데 이게 이렇게까지 당당하게 요구할 수 있는 '거래'로 자리 잡은 줄은 몰랐다. 거래하듯 리뷰를 주고받는 大리뷰의 시대. 덕분에 참고할 리뷰는 넘쳤지만 그중 믿을 만한 리뷰는 아이러니하게도 오히려 줄어든 것 같다.

속으로 씁쓸함을 삼키다가 문득 이런 생각이 들었다. 사람과 사람 사이에 오가는 말도 이 '리뷰'와 비슷하지 않을까, 하고. 되돌아보니, 주변 사람들에게 마치 거래하듯 좋은 말을 던지던 나의 옛 모습이 떠올랐다. 이래야 나도 그들에게 좋은 말을 들을 수 있을 테니까, 사랑받을 수 있을 테니까. 스스로 영혼 참 없다는 생각을 하면서도 진심이 담기지 않은, 그저 당의정 입힌 달달한 말을 흘리고 다녔다. 겉으론 좋아 보였을 그 말은 어쩌면 좋은 사람으로 남고픈 내 욕심 때문이지 상대를 위한 게 아니었을지도 모른다. 그래서 내가 남발한 좋은 말들 역시, 별 다섯 개 리뷰처럼 누군가에게는 신뢰가 가지 않았을 수도 있겠다. 내가 진심을 담아 좋은 말을 건네고 싶을 때는 정작 그 말이 힘을 잃을 수도.

大리뷰의 시대에서 우리가 조금 더 솔직해지는 게 가능할까. 거래처럼 좋은 말을 주고받지 않고 진짜 진심을 전할 수 있을까. 아마 나는 앞으로도 계속 별 다섯 개 리뷰를 남길 것 같다. 내 솔직함이 그들의 영업을 방해하는 건 싫으니까. 그러나 적어도 내 삶에서만큼은 별 다섯 개를 영혼 없이 남발하지 않고 싶다. 내가 정말 좋아하는 사람에게도, 좋아하는 물건에게도 그건 예의가 아닌 것 같기에. 그렇다고 혹평하는 건 성격에 맞지 않으니 진짜 좋아하는 것들에 전보다 최선을 다해 마음을 써야겠다. 한 땀 한 땀, 한 자 한 자 정성스럽게 리뷰를 쓰는 마음으로. 그때를 위해 진짜 좋은 것을 위한 표현 하나쯤은 마음속에 늘 담아두어야겠다.

내가 하이틴 로맨스에
빠진 이유

나에게 있어 최고의 칭찬은 "네가 추천해준 OO 정말 좋더라." 같은 류의 말이다. 내가 쓴 책, 내가 만든 음악, 내가 찍은 영화도 아닌데 그것들이 '좋았다'는 소리를 듣는 게 기쁘다. 누군가가 내 취향을 인정해줬다는 생각이 들어서다. 비슷한 예로 "이거 어디에서 샀어?" 같은 얘기를 들을 때면 입꼬리가 쓱 올라간다. 내가 이 물건을 고심해서 골랐다는 걸 알아봐주는 사람 앞에서는 잔뜩 신이 나 쇼핑 정보를 공유하고는 한다.

사실 나의 이런 심리는 일종의 직업병에서 유래했다. 전문 용어(?)로 '에디터병'이라고 할 수 있겠다. 에디터가 된 이후, 지면에 내 취향을 소개하는 일이 잦아졌다. 처음에야 당연히 내가 진짜 좋아하는 것들에 대해 얘기했다. 그러나 사람 마음이란 게 그렇다. 이왕이면 내 취향이 남들에게 좀 인정받았으면 싶고, 칭찬도 한마디 들었으면 하게 된다. 그러다 보니 남들 눈에 있어 보이는 걸 찾아 '좋아하게 되는' 병이 생겼다. 그런데 문제는 이 병을 앓은 후부터 그럴싸하지 않은 취향은 당당히 밝히지 못하게 됐다는 거다. 이를테면 지나치게 대중적이거나 우아해 보이지 않는 취향이 그렇다.

이 얘기를 꺼내는 이유는 나에게 감추고 싶은 취향이 하나 생겼기 때문이다. 에디터로서 어디 가서 절대 공개적으로 말하지 못할 부끄러운 취향이다. 바로 하이틴 로맨스물을 좋아하게 됐다는 거다. 하이틴을 논하기에는 10대 시절이 까마득한 나이가 된 내가, 소위 작품성도 그다지 없기로 소문난 장르에 꽂혀버리다니. (아무도 관심 없겠지만 그래도) 이 사실이 알려지면 남들의 비웃음을 살 것 같아 초조했다. 나도 어디 가서 적어도 웨스 앤더슨이나 그레타 거윅의 영화를 좋아한다고 말하고 싶은데… 자꾸만 유치한 하이틴 로맨스물이 내 취향과 99퍼센트 일치한다고 장담하는 넷플릭스 피드 앞에 그 꿈은 처참히 무너졌다. 알고리즘 녀석은 쓸데없이 솔직하다.

과연 내가 이 유치한 장르에 빠진 원인이 뭘까. 코리안 틴에이저로서 입시 지옥만 겪은 내가 산뜻한 하이틴 로맨스물을 보고 추억에 잠길 리 만무한 데 말이다. 좋아해서는 안 될 것(?)을 좋아하게 됐다는 수치스러움으로 괴로운 시간을 보내다가 결심했다. 내 취향이 있어 보이지 않으면,

그 취향을 가지게 된 이유라도 있어 보이게 설명해보자고. 그래서 지금부터 내가 하이틴 로맨스물에 입문하게 된 이유를 분석(이라 쓰지만 실은 변명)해보고자 한다.

첫째, 그들의 고민이 공감되지 않아서 좋다. 하이틴 로맨스 주인공들은 매일 파티에 가고 그곳에서 춤추며 논다. 미성년자인 주제에 때로는 술도 마신다. 더 웃긴 건 그래놓고 '하버드'에 갈지 '버클리'에 갈지 고민한다. 공부를 제대로 하는 장면은 한 신도 본 기억이 없는데.

영화나 드라마를 보며 '공감성 수치(드라마나 영화에서 주인공에게 민망한 상황이 벌어졌을 때 시청자도 같은 감정을 느끼며 괴로워하는 증상)'를 느낀다는 사람이 많다. 그렇다면 나는 공감성 수치가 아닌, '공감성 걱정'을 심하게 느끼는 편이다. 주인공에게 닥친 고난과 역경에 몰입해 지나치게 걱정하고 슬퍼하는 타입이기 때문이다. 그런데 하이틴 로맨스물 주인공들의 고민에는 도무지 공감이 가지 않아서 걱정 없이 편히 볼 수 있다는 게 좋다.

둘째, 개연성이라고는 눈 씻고 찾아볼 수 없다는 것 역시 장점이다. 여자 주인공과 남자 주인공 사이에 벌어진 치정 문제나 갈등은 정말 '별안간' 해결된다. 영화를 보다가 잠깐 딴생각이라도 하고 나면 미친 듯이 싸우던 두 주인공이 갑자기 키스하는 모습을 볼 수 있을 정도니까. 솔직히 이해는 안 가지만 어쨌든 주인공들이 행복해하는 걸 보는 게 나쁘지 않다.

셋째, 결말마저 해피 엔딩이라는 점이 무엇보다 맘에 든다. 하이틴 로맨스물을 보고 있으면 영화를 구성하는 모든 요소가 해피 엔딩을 향해 뒤도 안 돌아보고 뛰어가고 있다는 생각이 든다. 덕분에 무슨 일이 일어나도 새드 엔딩은 없을 거라는 확신이 든다. 실제로 해피 엔딩이 아닌 하이틴 로맨스물은 본 적이 없다.

이유를 이렇게 나열하고 보니 내가 하이틴 로맨스에 빠진 이유를 좀 더 분명하게 알겠다. 하이틴 로맨스물은 내가 인생에서 꿈꾸던 바를 내포하고 있다. 바로 날로 먹기!

고백하자면, 어릴 적부터 나는 인생을 쉽게 살고 싶다고 쭉 생각해왔다. (학교에서 뭘 배운 걸까?) 내 삶이 하이틴 로맨스 주인공들의 인생처럼 평탄했으면 좋겠고, 개연성 없이 술술 잘됐으면 했다. 그런데 나이를 한 살 두 살 먹으면서, 또 사회생활을 하며 깨달았다. 인생에서 개연성 없는 해피 엔딩은 벌어질 수 없다는 것을. 해피 엔딩은 너무나도 개연성이 필요한 일이라 열심히 살아야만 얻을 수 있다는 것을. 심지어 아무리 노력해도 가질 가능성이 희박한 무시무시한 존재가 바로 해피 엔딩이라는 사실도! 그러니 영화에서만이라도 별 어려움 없이 날로 먹는 하이틴 로맨스가 좋았던 거다. 단지 해피 엔딩을 위해서만 달리는 그 개연성 없는 서사 때문에.

하이틴 로맨스를 보고 나면 복잡했던 머릿속이 한결 가벼워진 이유가 거기에 있었다. 어디 내놓긴 조금 부끄러운 취향이지만, 난이도 높은 일상을 잠시 잊게 해준다는 점에서는 확실히 효과가 있다. 나의 하이틴 로맨스 사랑에 현실 도피 측면이 있다고 해도, 어차피 내가 영화 속으로 들어가 살 수 있는 것도 아닌데 이 정도는 괜찮지 않을까? 그런 의미에서 나는 하이틴 로맨스를 나의 '샤이 플레저(shy pleasure)'로 명명하기로 했다. 죄책감이 느껴지는 취향, '길

티 플레저(guilty pleasure)'까지는 아니지만, 조금 쑥스러운 취향인 건 사실이니까. 그럴듯하게 정리하고 나니 한결 마음이 편하다. 오늘 밤은 두 다리 뻗고 잘 수 있을 것 같다. 침대에 누워 노아 센티네오를 볼까, 제이콥 엘로디를 볼까 행복한 고민을 하면서. (둘은 넷플릭스의 대표적인 하이틴 로맨스물 남자 주인공들이다.)

무례하지 않은 선에서
내 마음의 체력 아끼기

얼마 전 외부 업체와 몇 차례 업무 메일을 주고받았다. 오고 간 메일이 열 통 가까이 쌓였을 무렵, 그 업체에 전달했던 메일 내용을 다시 확인할 일이 생겼다. 그러면서 자연스레 내가 작성했던 메일을 쭉 읽게 됐는데 점점 얼굴이 화끈거려 혼났다. 온갖 쿠션어와 이모티콘, 물결표(~)로 점철된 본문 때문이었다. 메일 속 나의 말투가 필요 이상으로 친절했다. 아니, 친절한 것을 넘어 비굴했다. 사과 메일이 아닌 그냥 일상 업무 메일일 뿐이었는데….

물론 친절은 좋은 거다. 불친절하게 굴거나, 갑질하는 것보다야 친절한 편이 백배 낫다고 생각하는 편이다. 그러나 적정 수준 이상으로 친절하게 구는 나의 태도 밑에는 남들에게 착한 사람, 좋은 사람으로 보이고 싶은 마음이 깔려 있다는 걸 부인할 수 없다. 나는 남들에게 잘 보이고 싶은 마음에 지나치게 많은 에너지를 쏟고 있었던 거다. 담백하게 썼어도 됐을 업무 메일 한 통에 쏟아부은 '^^'과 'ㅠㅠ'와 '~'가 그걸 말해주고 있었다.

사실 메일에서만 이러는 게 아니다. 회사 사람들과 메신저로 의견을 나눌 때도, 지인들과 카톡을 할 때도 나는 친절해 보이는 표현을 고르느라 꽤 많은 시간을 쏟았다. 평소 스스로가 순발력이 없다고 생각했는데, 아마도 그건 진짜 순발력이 없어서가 아니라 타인을 지나치게 의식한 나머지 '어떻게 말해야 좋을까?' 고민하는 로딩 시간이 너무 길어지는 탓이 아닐까 싶다. 게다가 별일 아닌 일에도 나는 "죄송합니다."라는 말을 너무 쉽게 내뱉었다. 그 말을 하고 나면 진짜 죽을죄를 지은 죄인처럼 마음이 위축됐다. 좀 오버해서 명명하자면, 이건 '습관성 비굴함' 같은 걸지도 모르겠다.

어떤 날은 타인에게 넘치는 친절함을 베푸느라 정작 나에겐 한없이 불친절해지기도 했다. 남들에겐 쿠션어에 촌스러운 웃음 이모티콘까지 사용하며 친절하게 얘기했으면서, 일기장에는 나를 향한 날카로운 말들을 잘도 써댔다. 그걸 읽으며 내가 쓴 말에 내가 푹푹 찔렸다. 나는 나에게 가장 불친절했다.

그 원인이 뭘까 곱씹어보다가 나에게 쓸 에너지가 부족해서라는 결론을 냈다. 남들에게 친절함을 베풀기 위해 마음의 체력을 싹 다 끌어 써버려서 나에게까지 친절할 에너지가 없었던 거다.

바닥난 마음의 체력을 끌어올리기 위한 특단의 조치가 필요했다. 대단한 건 아니고 상대에게 잘 보이려고 너무 애쓰지 않는 연습을 하는 거다. 이를 테면 상대방을 고려해 내 생각을 지나치게 돌려 말하지 않기, 불필요한 쿠션어는 말로도 글로도 되도록 쓰지 않기, 'ㅠㅠ' '^^' 같은 이모티콘 남발하지 않기 같은 소소한 것들. 남들에게 무례하지 않은 선에서 내 마음의 체력을 아낄 수 있는 방법을 하나씩 알아가고 싶다.

그리고 그렇게 아낀 마음의 체력으로 나에게 좀 더 친절한 사람이 될 수 있다면 더 좋겠다. 그동안 나에게 불친절했던 시간을 반성하며 필요 이상의 미사여구로 나를 칭찬해주고, 나의 모자람은 온갖 쿠션어로 다독여줄 수 있었으면 한다. 누구보다 나에게 첫 번째로 친절한 사람이 되어주고 싶다.

이런 과정을 거쳐 마음의 체력을 좀 기르고 나면 꼭 되고 싶은 게 있다. 남들에게 친절한 사람! 갑자기 웬 도돌이표냐고? 여기서 의미하는 친절은 앞서 말한 친절과 조금 다르다. 상대에게 잘 보이려는 마음에서 비롯된 친절이 아닌, 상대를 배려하는 마음에서 나온 '목적 없는 다정함'을 지닌 사람이 되고 싶다는 뜻이다. 어쨌든 친절은 좋은 거니까, 그리고 난 친절한 사람들이 좋으니까. 마음의 체력을 부지런히 단련해서 나에게도 남에게도 친절한 사람이 되고 싶다. 어쩌다 보니 주 3회 운동하기보다 더 어려운 목표가 생기고 말았다.

나는 왜 칭찬이
부담스러울까?

내가 쓴 기사의 조회 수가 꽤 잘 나온 적이 있다. 여러 플랫폼에 공유가 됐고, 덕분에 주변에서 기사 잘 봤다는 연락도 많이 받았다. 그러나 별로 기쁘지 않았다. 페이스북 페이지에 공유된 내 기사의 댓글에서 악플을 보고 말았기 때문이다. 그 사실을 알 리 없는 회사 동료들은 이번 기사 재미있다며 축하 인사를 건네주었다. 나는 고맙다는 말 대신 기사에 악플이 달렸다며 하소연을 쏟아냈다. 기사 내용을 이렇게 말고 저렇게 써볼걸 그랬다며 후회의 말도 덧붙였다. 그렇게 동료들에게 한참을 푸념하다 듣게 된 말은 "괜찮아요. 기운 내세요!"였다. 그렇다. 정신 차리고 보니 어느덧 나는 축하가 아닌 위로를 받고 있었다. 분명 기사가 정말 유익하다는 좋은 댓글도 많았는데, 그런 내용은 쏙 빼둔 채 안 좋은 얘기만 편집해 전한 결과였다.

사실 이런 일을 겪은 게 한두 번이 아니다. 축하받을 일을 해놓고도 위로를 받는 기이한 상황이 나에게는 종종 벌어졌다. 잘한 것보다는 못한 것에 더 집중하는 바람에 일어나는 일이었다. 내 잘못은 늘 어찌나 거대해 보이는지, 대형 사고를 친 것도 아닌데 실수 한 번 하면 대역죄인에 빙

의해 석고대죄를 하고 다녔다. 사죄를 하다 보면 마음은 구멍 난 튜브처럼 쪼그라들었고, 그러면 나는 더 긴장해서 한 번 할 실수를 두 번 세 번 더 하기도 했다. 이 악순환의 피날레는 '역시 난 멍청이야.'라며 자책하고 또 자책하는 일이었다.

이런 피곤한 성격을 갖고 있다 보니 칭찬이나 격려를 곧이곧대로 받아들이지 못할 때가 많다. 내 눈에는 내가 잘한 것과 나의 좋은 점이 늘 나노 수준 정도로 작게만 보였다. 그래서 한때는 누가 나를 칭찬해주면 그 상황을 빠르게 모면하기 위해 "나도 알아~"라고 장난치듯 대꾸하며 넘어갔다. "오늘 좀 달라 보인다. 예쁜데?"라는 말을 들으면, "나 원래 예뻤는데?" 같은 어처구니없는 답변을 내놓아 상대로 하여금 다시는 그런 말을 입 밖으로 얼씬도 하지 못하게 만드는 수법이었다. 효과가 확실해서 내 반응을 들은 몇몇 지인은 "뭐래? 미쳤나 봐." 하며 꺼낸 칭찬을 다시 회수해 갔다. 그제야 나는 안도하면서도 약간은, 아주 약간은 섭섭했던 것 같다.

어떨 땐 지나치다 싶을 정도로 칭찬을 강력 부인하기도

했다. 마치 임금에게 고개를 들어보라는 말을 들은 백성처럼, "아이쿠, 아닙니다요!"를 외치며 고개를 한껏 떨구는 식이었다. 그럼 나를 칭찬해주던 사람도 덩달아 민망해했다. '이게 이렇게까지 몸 둘 바를 몰라 할 일인가?' 그쪽도 당황스러웠을 거다.

이 외에도 꽤나 다양한 방법으로 나는 주변 사람들에게 받은 칭찬을 부지런히 환불해줬다. 담백하게 "고마워."라며 칭찬을 받아들이는 것만이 내가 유일하게 못 하는 거였다. 가장 평범한 리액션을 하는 대신, 뻔뻔한 인간이 되거나 성은이 망극한 백성이 되기를 택했던 거다. 고맙다고 말하면 내가 진짜 그 칭찬을 인정하고 받아들이는 것 같아 쑥스럽게 느껴졌던 탓이다.

몇 달 전 회사 워크숍에 참석했다. 그때 '팀워크 다지기'의 일환으로 자신의 강점을 찾는 일종의 테스트를 진행했는데, 그 결과 내 자신감 지표가 평균 이하로 굉장히 낮게 나왔다. 다른 팀원들의 그래프와 비교해 보는데, 내 것만 한없이 떡락 중이었다. 더욱 충격적이었던 건 외부 강사의 부연 설명이었다.

"다른 지표는 스스로의 노력으로 높일 수 있지만, 자신감 지표는 혼자 열심히 한다고 올라가지 않아요. 주변의 칭찬과 격려, 즉 외부 요인에 의해서만 올라갈 수 있어요."

우씨! 내 노력으로 안 되는 거면 나더러 어쩌라고? 2차로 절망했다.

그러나 집에 돌아와 곰곰이 생각해보니 그 말은 틀린 말이었다. 적어도 내 경험에 비춰봤을 때는 그랬다. 물론 지금까지 살면서 내 자신감을 훔쳐 가는 사람이 없었던 건 아니다. 그렇지만 잠깐만 떠올려봐도 내 주변에는 나를 격려하거나 칭찬해주는 사람이 더 많았다. 문제는 내가 그걸 현란한 기술로 탁탁 쳐낸다는 거였다. 결국 나의 자신감 지표가 낮은 이유는 내가 주변의 칭찬과 격려를 지독하게 방어하고 있어서였다. 상대가 무색해질 만큼 격렬하게. 누군가가 나에게 100만큼 칭찬을 해주면 나는 내가 이 칭찬에 걸맞지 않다는 걸 증명이라도 하려는 사람처럼 각종 핑계를 대며 그 칭찬을 깎고 깎아 30 정도로 만들고는 했다. 그렇게 한껏 작아진 30만큼의 칭찬마저 누가 볼세라 뒷주머니에 욱여넣는 게 나였다.

솔직히 그 전까지는 실수해놓고도 "앗! 미안해." "어머, 죄송해요." 정도로 퉁치고 넘어가는 이들이 뻔뻔하다고 느낄 때가 많았다. 똑같은 실수를 내가 했다면, 아마 나는 또 대역죄인이 되어 여기저기 머리를 조아리고 있었을 텐데, 저 사람들은 어쩜 저렇게 자기 실수를 산뜻하게 넘기지 싶었다. 그땐 왜 몰랐을까. 실은 그들이 뻔뻔한 게 아니라, 가볍게 사과하고 넘어갈 수 있는 일을 내가 크게 부풀리고 있었다는 것을. 지혜로운 사람들은 자신이 잘못한 딱 그만큼만 사과하며 산다는 것을 늦게야 깨달았다. 지나치게 미안해하는 일은 스스로에게도 미안한 일이라는 것도 뒤늦게 알게 되었다.

앞으로는 덜 미안해하고, 칭찬은 주는 대로 잘 챙겨 받아야지. 잘한 일과 못한 일을 재는 저울의 기준점을 공평하게 조정해서 잘한 게 가벼워 보이지 않고, 못한 게 무거워 보이지 않도록 딱 알맞게 말이다. 잘한 일 앞에서는 "아니에요, 아닙니다." 손사래 치지 않고, "고맙습니다."라고 말할 수 있기를. 못한 것 앞에서는 죽을죄를 지은 무기수가 되지 말고, 그저 "미안합니다."라는 말로 깔끔히 정리할 수 있기를. 아직은 그렇게 하는 내 모습을 생각하는 것만으로도 민망하지만, 연습하다 보면 언젠가는 되겠지, 뭐!

친구, '내가 좋아하는 내 모습'을 알고 있는 사람

만나기만 하면 서로 헛소리를 늘어놓느라 정신없는 친구들이 있다. 대학 신입생 때부터 일거수일투족을 함께한 가장 가까운 대학 친구들 얘기다. 친구들이랑 만나서 (혹은 카톡으로) 수다를 떨다 보면 문득 이런 생각이 들 때가 있다.

'그런데 이런 얘기를 왜 이렇게 진지하게 하고 있지?'

수다의 주제는 대체로 세상 쓸데없는 것들이다. 우리 중 먼저 죽는 애의 제사상에는 무엇을 올려줄지 고민하거나, 대학원에 간 사람이 승자인지 안 간 사람이 승자인지 따져 보는 것처럼 시답잖은. 이것도 아니면 남자 연예인 소식을 공유하며 "야, 네 남친 소식 떴더라?" 같은 말도 안 되는 소리를 하기도 한다. 스무 살에 처음 만나 10년이 넘은 지금까지 우리는 지치지도 않고 헛소리를 나누고 있는 셈이다.

나이를 먹으면 친구들과의 대화 주제가 부동산 얘기, 결혼 얘기, 주식 얘기로 많이 바뀐다던데, 우리는 현실적인 얘기를 진지하게 나눠본 적이 많지 않다. 물론 회사나 일 얘기 같은 일상적인 소재로 대화하기도 한다. "회사 가기 싫다."라거나 "일하기 싫다." 같은 얘기들. 그런데 이 정도 푸념도 하지 않고 사는 대한민국 직장인은 없을 테니 이건

'우와!'나 '대박!'처럼 흘러가는 추임새쯤이라고 생각한다. 즉, 추임새 외의 우리 대화의 60~70퍼센트 이상은 헛소리로 채워진다는 뜻이다. 세어본 건 아니지만 확신한다.

친구들이랑 같이 있을 땐 웃긴 일도 많이 일어난다. 한번은 다 같이 저녁을 먹고 술을 한잔한 뒤 한강에서 3차를 하기 위해 택시를 탄 적이 있다. 그런데 우연히 탄 택시가 무려 EDM 택시였다! 내부는 클럽처럼 화려한 조명으로 빛나고, 스피커에서는 옆에 앉은 친구의 목소리가 들리지 않을 정도로 음악이 빵빵하게 흘러나오는 실로 기이한 택시였다. 잠시 이게 꿈인가 싶었다. 우리 중 그나마 가장 빨리 정신을 차린 친구가 큰 목소리로 목적지를 얘기했다.

"한.강.잠.원.지.구.요!"

그런데 택시 분위기만큼이나 자유분방했던 기사님은 길이 막힌다며 본인 맘대로 우리를 한강 반포 지구에 내려주고 홀연히 떠났다. 아비치 노래를 빵빵하게 튼 채로. 택시에서 내린 나와 친구들은 한강 공원으로 걸어가는 내내 숨도 쉬지 못하고 웃었다. 《아무튼, 택시》를 쓴 금정연 작가도 EDM 택시는 타본 적 없지 않을까? 황당한 와중에 내심 뿌듯하기까지 했다.

처음에는 이 친구들이랑 있을 때면 별일이 다 일어나는 게 신기하다고 생각했다. 같이 만나 놀거나, 여행을 가면 뭐든 꼭 웃긴 에피소드가 하나씩은 탄생했으므로. 그런데 돌이켜 생각해보니 함께 겪은 일이 '객관적으로' 다 재미있는 일은 아니었다. 오히려 그 순간 혼자였더라면 '뭐야 왜 저래?'라며 심드렁하게 넘기거나 불쾌해했을 일에 더 가까웠을지도 모른다. (당장 EDM 택시만 해도 혼자 탔으면 무섭거나 짜증 났을 것 같다. 시끄러운 건 둘째 치고 기사님 마음대로 목적지를 바꿔버렸으니까.) 그런데도 친구들과 함께일 때면 유독 재미있는 일들이 많이 생긴다고 여겼던 건, 우리가 그 순간에서 '굳이' 재밌는 점을 찾아냈기 때문인 것 같다. 기어코 재밋거리를 찾아내 껙껙대고 웃으며 그 순간을 즐거운 기억으로 만들었던 거지.

그래서인지 나는 친구들과 있으면 내가 꽤 재미있는 사람이 된 것 같은 기분이 든다. 농담도 척척 잘하고, 순발력 있게 리액션도 잘하는 그런 사람 말이다. 설사 농담이 조금 덜 웃겼더라도 "어쩌라고?" 하며 다음 농담을 준비하는 쿨

한 태도도 생긴다. 다른 데에서는 농담 한번 하는 데에도 예열이 필요한 내가, 사람들이 안 웃을까 봐 농담도 시뮬레이션을 돌려보는 내가 이 친구들 앞에서는 좀 변한다. 내가 좋아하는 내 모습으로. 그래서 함께하는 시간이 더 즐겁게 느껴지는 걸 수도 있다.

그렇다고 해서 이 친구들과 함께일 때의 내 모습만이 진짜 나라고 생각하지는 않는다. 처음 만나는 사람 앞에서 낯가리고 긴장하는 나, 어려운 자리에서 머리가 하얘져 농담은커녕 대답도 잘 못하는 나도 나다. 불과 몇 년 전까지만 해도 '그건 내가 아냐!'라며 부인했는데 이제는 그러지 않으려 노력한다. 내가 좋아하는 내 모습은 아니지만, 그다지 웃기지 않고 매사에 서툴고 소심해지는 나도 진짜 내 모습 중 하나라는 걸 받아들이고 있다. 살면서 만나는 모든 사람에게 내가 좋아하는 내 모습만 보일 수 있다면 정말 좋겠지만, 그렇지 못한 경우도 있는 법이니까.

그렇기에 우리는 '내가 좋아하는 내 모습'으로 함께할 수 있는 사람들을 더 자주 보고 가까이해야 하지 않을까. 수많은 내 모습 중에서도 내가 진짜 좋아하는 내 모습을 불쑥불쑥 튀어나오게 하는 사람들 말이다. 대체로 재미없고 팍팍한 일상에서, 굳이 재미있는 순간을 찾아내 깔깔거리고 웃어주는 친구들. 나의 헛소리 메이트들에게 쑥스럽고 민망하지만 고맙다는 말을 하고 싶다. 그러니 꼬부랑 할머니가 돼서도 나와 함께 헛소리를 많이 해주렴.

그나저나 여기까지 쓰고 문득 깨달은 건데, 내가 좋아하는 내 모습은 헛소리를 잘하는 모습인가 싶다. 앞으로 다양한 헛소리를 좀 더 부지런히 해봐야겠다고 다짐해본다. 이것도 역시 헛소리다, 허허.

시작을 앞둔 사람들의
사기를 꺾는 말들

"이 일 대체 왜 하려고 해요?"

취업 준비생 시절 가장 싫어하는 말이었다. 내가 선망하는 업계에 몸담고 있는 선배들을 만날 기회가 종종 있었는데, 그때마다 그들은 손을 휘휘 저으며 내게 이렇게 말했다.

"다른 일 해라, 지금도 늦지 않았어."

특히 기억에 남는 한 선배는 스물서너 살밖에 안 된 내게 이런 무서운 말까지 했다.

"이 일 한 번 시작하면 나중에 때려치우고 다른 일 하려고 해도 할 게 없어. 그러니까 이 업계에서 최대한 멀리 도망가."

그들 눈 밑을 한 자리씩 차지하고 있던 다크서클을 봤을 때 영 빈말은 아닌 것 같았지만 당시에 난 그런 말을 하는 선배들이 참 미웠다. 취업 준비생 염장 지르는 것도 아니고! 내가 꿈꾸는 자리를 하나씩 꿰차고 앉아 있으면서 거만하게 그런 말을 하다니. '그렇게 별로면 네가 그만두던가!' 라는 말이 목구멍 근처까지 올라오고는 했다. 물론 소심한 내 자아가 목구멍 근처로 손을 뻗어 그 말을 도로 배 속 깊숙이 눌러 넣기는 했지만.

그땐 선배들이 나를 뜯어말리는 기저에 '잘난 척'이 깔려 있다고 생각했다. 자신의 자리를 동경하는 날 보고 우쭐해진 마음에 '에이~ 이거 별거 아니야.'라며 괜히 장점도 단점으로 포장해서 얘기해버리는 거라고. 그래서 친구들을 만나면 선배들 욕을 한참 해댔다.

"지는 아직도 그 일 하고 있으면서 왜 나만 하지 말래? 웃겨, 진짜!"

뾰로통한 얼굴로 콧김을 마구 씩씩거리면서.

그러나 몇 년이 지나 사회생활을 시작한 후, 에디터가 꿈인 후배에게 똑같은 말을 하고 있는 나를 발견했다.

"잡지는 미래가 없어. 매주 마감하는 삶이 얼마나 힘들고 고된 줄 알아? 이 업계 근처에는 얼씬도 하지 말고 대기업 인적성 준비를 추천할게."

그러니까 한마디로 '이 일 대체 왜 하려고 해요?'를 시전하고 있는 나를.

선배가 되어 보니 예전 나의 선배들이 〈쇼 미 더 머니〉 래퍼에 빙의해 자기 직업을 신랄하게 디스하던 이유를 알게 됐다. 미안하게도 그건 그들의 진심이었다! 잡지를 보는 사람들은 실제로 점점 줄고 있고, 마감이 고된 것도 사실이니까, 나 역시 유경험자로서 후배들에게 업계 상황에 대해 진심 어린 조언을 해주고 싶었다. 아끼는 후배들이 힘들지 않기를 바라는 마음에서. (주제 넘게도!)

그런데 한편 이런 생각도 들었다.

'내가 에디터로 살아온 고된(?) N년의 기억을 그대로 가지고 다시 취업 준비생 때로 돌아간다면, 다른 직업을 선택하려나?'

(조금 흔들리기는 했지만) 아마도 난 다시 에디터를 하고 있을 것 같다. 마감 때마다 눈물 줄줄 흘리며 빨개진 눈으로 기사를 쓰고 있겠지. 왜냐고? 분명 힘들기는 하지만, 그만큼 즐겁기도 하니까. 취재하면서 새로운 사람을 만날 수 있다는 것도 좋고, 글을 쓸 수 있다는 것도 좋고, 무엇보다 그걸 누군가가 읽어준다는 게 좋으니까.

사실 알고 있었다. 찬찬히 생각해보면 좋은 점이 더 많은 일인데, 고작 몇 년 해봤다고, 나에게 익숙한 일상이 되었다고 이 일의 단점을 과장되게 말하고 있다는 걸. 원래 뭐든 익숙해지면 어떻게든 단점을 찾아내 투정 부리고 싶어지는 게 인간의 본성이니까. 그 본성에 충실했던 나는 어느덧 내가 제일 싫어하는 선배의 모습이 되어 있었던 거고. 못난 선배의 말에 과거의 나처럼 상처받고 기분 나빴을 후배들에게 지면을 빌려 심심한 사과의 말을 전한다. 그 친구들도 겉으론 웃어 보였지만 속으로는 아마 '그렇게 별로면 네가 그만두던가.'라고 생각했겠지.

내 일이 나에게는 특별할 것 없는 익숙한 일상이라고 해서, 그걸 깎아내려서는 안 된다는 걸 잊고 살았다. 분명 누군가에게는 실례가 될 수 있었던 말인데. 이 일이 간절한 사람들에게는 내 투정이 배부른 소리로 들렸을 테다. 따지고 보면 내가 잘나서가 아니라 그들보다 운이 좋아서 이 일을 하고 있는 것뿐이면서 이 일에 대해 함부로 말할 자격이 있을까.

돌이켜보면 평소에도 '이 일 왜 하려고 해요?' 식의 어법이 자주 사용되는 것 같다. 이 회사 왜 지원하려고 해? 결혼 왜 하려고 해? 인생의 과업 앞에서 고민하는 초년생들이 출발선도 넘기 전에 선을 그어버리는 말들. 이미 겪어본

자의 진심 어린 조언이라고 할 수도 있지만, 결국 이런 말들이 시작을 앞둔 사람의 사기를 꺾어버리는 게 아닐까. 때론 의도치 않게 상대에게 생채기를 남기기도 하고 말이다.

나에게 더 이상 반짝이지 않는 일상이라고 해서 남에게도 그럴 거라는 생각 버리기. 그리고 내 경험만을 토대로 남들의 사기를 꺾는 조언은 하지 않기. 후배와 (아직은 초짜인) 선배, 두 위치를 모두 겪어보고 내가 내린 결론이다. '이 일 대체 왜 하려고 해요?'의 답은 결국 하나다. 해봐야 알죠! 그리고 진짜 해본 결과는 각자 다를 거고.

앞으로 나에게 에디터가 되고 싶다고, 에디터 하면 어떠냐고 묻는 후배가 있다면 섣부른 조언 따위는 하지 말아야지. 내가 지금 서 있는 자리가 누군가 꿈꾸는 자리일 수도 있겠다는 사실을 되새기며 나에게 일상이 되어버린 것들을 깎아내리지 말아야겠다.

마음을 표현하며 살아가는 맛

돈은 펑펑 잘도 쓰면서 마음을 쓰는 데는 인색해지는 순간이 있다. 돈을 쓰면 그에 상응하는 물건이라도 가질 수 있지만, 마음은 쓰는 만큼 돌려받지 못할 수도 있다는 못난 생각 때문일까. 마음 구두쇠인 나는 늘 마음이 10이어도 6이나 7 정도만 밖으로 내놓는 사람으로 살았다. 심지어 친한 친구들에게도 그랬던 것 같다.

학교 다닐 때 내가 참 약했던 것 중 하나가 '우정 확인'이었다. 단짝 친구가 생기면 그들은 늘 나에게 물었다.

"너랑 나랑 베프지?"

내 마음과 우리의 사이를 확인받고 싶어 하는 질문들. 나는 그런 물음 뒤에 늘 "으응… 그렇지." 정도의 애매모호한 반응을 내놓아 친구들을 실망시키는 편이었다. 아마 그 친구들은 "당연하지! 난 너랑 제일 친해!"처럼 확신에 찬 말을 듣고 싶었을 텐데. 나는 그런 말을 꺼내기가 쑥스럽고 민망해 그냥 대충 넘어가려고만 했던 것 같다.

아마 스무 살 무렵이었던 걸로 기억하는데, 그날은 내 생일이었고 나는 억지로 가족 모임에 끌려갔었다. 만나 놀자던 친구들의 제안을 뒤로한 채! 억울했지만 중요한 가족 모임이라는 엄마 아빠의 설득에 넘어갔다. 내심 모임이 끝나면 엄마 아빠가 맛있는 거라도 사주겠지 기대하기도 했다. 그런데 모임이 끝나자마자 친구들에게 연락을 받은 엄마 아빠는 나를 두고 쌩하니 약속을 잡아버렸다. 1년에 한 번뿐이자 하나밖에 없는 딸 생일에!

"이럴 줄 알았으면 나도 가족 모임 안 가고 친구들 만나러 갔지!"

서운함에 집으로 가는 차 안에서 부모님을 원망하며 내내 입을 삐죽 내밀고 있었다.

낙동강 오리알이 된 나는 이대로 쓸쓸하게 생일을 끝낼 수 없었다. 그래서 가장 가까이에 사는 친구에게 당장 만나자고 연락을 했다. 그날 그 친구와 집 근처 하천변에 앉아 맥주를 마셨다. 섭섭했던 마음을 친구에게 털어놓고, 맥주를 한 캔 두 캔 마시다 보니 기분이 좀 나아졌다. 그렇게 한참을 앉아 수다를 떠는데 문득 그 친구가 내게 물었다.

"야, 우리 정도면 진짜 친하지 않냐?"

맥주를 꼴깍 삼키다 말고 예상치 못한 우정 시험에 든 나는 머리를 굴리다 결국 늘 내놓던 답변을 내놨다. "으응… 그렇지."라고. 나의 건조한 대답에 대화의 화제는 이내 다른 것으로 넘어갔지만, 나는 내 반응만큼이나 미지근해져버린 맥주를 손에 들고 내내 마음 쓰여 했다.

그 답변 이후 친구와 서먹해진 내가 깊이 반성하며 표현을 잘하는 사람으로 거듭나게 되었다는 내용이 이 글의 맥락과 더 잘 어울리겠지만, 나는 여전히 그 친구와 잘 지낸다. 예전만큼 자주 보지는 못해도 우리는 여전히 좋은 친구 사이이고, 매일은 아니지만 가끔 생각날 때면 안부를 주고받는다. 얼마 전에는 파주로 이사 간 그 친구의 집에 무려 왕복 세 시간을 투자해 놀러 가기도 했다. 우리 사이가 그때의 내 대답으로 달라진 건 아니지만 그럼에도 나는 살면서 종종 그 순간을 떠올렸고 후회했다. 아마 친구는 이 일을 기억도 못 할 테지만 말이다. 그때 좀 더 진심을 담아 대답해줄걸. 외로울 뻔했을 생일을 함께해주고, 연락 한 통에 선뜻 달려와준 친구에게 내 마음을 120퍼센트로 표현해도 모자랐을 텐데, 성의 없게 40퍼센트 정도만 슬쩍 내비쳤던 과거의 내가 참 못나게 느껴졌다.

인터넷으로 기사를 읽다가 멋진 인터뷰를 발견했다. 가수 테일러 스위프트의 인터뷰였는데, 그는 평소 지갑에 늘 생일 카드를 넣고 다닌다고 한다. 언제 어디서 누군가의 생일을 축하해줘야 할 일이 있을지 모르기 때문에! 그러다 진짜 생일인 사람을 만나면 '짠' 오 분 만에 생일 카드를 써준다고 한다. 그 인터뷰를 보며 속으로 '이 사람 진짜 멋진데?'를 연발했다. 언제 어디서 마주칠지 모를 인연에게까지 마음 써주는 사람. 친한 친구에게조차 마음 쓰고 표현하는 데 인색했던 나로서는 생각하지 못했던 일이었다.

사실 말로 마음을 전하는 일은 아직도 좀 부끄럽다. 그래서 늘 인색한 표현을 수줍은 성격 탓으로 돌리고는 한다. 그런데 '생일 카드를 갖고 다니며 편지를 써주는 것 정도는 나도 할 수 있지 않나?' 하는 생각이 들었다. 게다가 글이라면 말보다는 자신 있으니까! 테일러 스위프트에 영감을 받은 나는 그때부터 각종 카드를 사 모으기 시작했다. 그녀처럼 매일 가방에 넣고 다니는 정도는 아니지만, 적어도 마음 쓸 일이 생겼는데 카드가 없어서 포기하지는 않도록 말이다. 전시회 보러 가서 굿즈로 엽서를 잔뜩 사 오게 된 것도 다 이맘때부터다.

요즘은 주변 사람에게 자주 엽서를 쓴다. 작년 봄, 친한 친구 S의 생일 때도 선물과 함께 엽서를 준비해 갔다. S는 18년을 친구로 지낸, 나와 가장 친한 친구인데도 정작 제대로 된 생일 카드를 전해본 기억이 나지 않았다. 선물로 퉁치거나, 형식적인 멘트만 써준 게 다였던 것 같다. 그래서 이번만큼은 정말 마음을 담아 생일 카드를 썼다. 너는 나한테 정말 소중한 친구라고, 네가 잘되는 걸 보고 있으면 내 일처럼 기쁘다고. 만나서는 쑥스러워서 쉬이 전하지 못했을 진심을 꾹꾹 담아서.

그러고 얼마 후 S와 같이 여행을 갔는데 그때 S가 말했다. 그 편지가 너무 감동이었다고. 나는 여전히 "으응… 그랬구나." 하며 쑥스러워하고 넘겼지만 속으로는 생일 카드를 쓰기 너무 잘했다고 생각했다. 그래, 말이 어려우면 글로라도 주변 사람들에게 내 마음을 확인시켜주는 일을 게을리하지 말아야지. 어쩌면 우정, 가족애 같은 마음에도 '고백'이 필요한 것 같다.

언젠가는 나도 테일러 스위프트처럼 지갑에 생일 카드

를 잔뜩 넣어 다니는 사람이 되고 싶다. 만나는 사람마다 마구마구 마음을 퍼줄 수 있는 그런 사람. 나눌 수 있는 마음이 많은 사람 말이다. 그 전까지는 주변의 친한 지인들을 대상으로 부지런히 마음 담은 생일 카드를 써볼 참이다. 그러다 보면 언젠가는 되겠지, 한국 아니 성북구의 테일러 스위프트 정도는! 테일러 스위프트 언니가 절대 이 글을 볼 일은 없겠지만, 그래도 혹시 모르니까 영어로 내 마음을 전한다. Thank you so much and I love you!

서툴고 부족한 내 모습
회피하지 않기

인생에서 가장 멍청했던 순간 Best 5로 꼽을 만한 일화가 있다. '재경 없는 재경 송별회'라고 내 맘대로 제목을 붙인 에피소드다. 대학교 2학년 무렵, 공연 보는 걸 좋아했던 나는 어떻게 하면 돈 안 내고 공연을 많이 볼 수 있을까 궁리하다가 극장 아르바이트를 시작했다. 대학로에 위치한 규모가 좀 있는 예술 극장이었는데, 서류와 면접 전형을 통과하고 출근한 인생 첫 직장이었다. 그때부터 약 1년간 극장에서 하우스 어셔(관객 안내원)로 일했다, 용케도!

'용케도!'라는 말을 뒤에 붙인 건 그럴 만한 사정이 있어서다. 그 나이 때 하는 아르바이트치고 꽤 오래 하기도 했지만, 사실 일하는 동안 심각한 문제가 있었다. 내가 자꾸 실수를 한다는 거였다! 2층 손님을 1층으로 입장시키는가 하면, 공연 시작 후 전실(입장 게이트와 객석 사이의 공간) 불을 끄지 않은 채 공연장으로 들어가 관객들의 시선을 강탈하기도 했다. 돌이켜보면 지나치게 긴장한 탓에 별것도 아닌 실수를 꽤 자주 반복했던 것 같다.

몇 달이 지나자 일은 차차 손에 익었지만, 이전에 했던 실수들이 원혼처럼 남아 나를 괴롭혔다.

'너 저번에 손님 잘못 안내해서 다른 직원이 다시 안내한 거 기억하니?' '이 정도면 너 일 못하는 어수룩한 애라고 소문났을 게 틀림없어.'

원혼들은 서툴렀던 나를 쉴 새 없이 상기시키고 다시금 긴장하게 만들었다. 더 이상 실수하지 않게 된 이후에도 죄인의 마음을 떨쳐내지 못한 나는 함께 아르바이트를 하던 언니들에게 쉬이 다가가지 못했다. 같이 밥을 먹을 때도, 휴게실에서 잠깐 수다를 떨 때도 어쩐지 늘 불편한 마음인 채로 있었다. 내가 실수했다고 눈치 주거나 구박하는 사람이 있었던 것도 아닌데 그랬다. 일 끝나고 아르바이트생끼리 술 한잔하며 친목을 도모하는 자리가 생길 때도 늘 핑계를 대고 빠지기 일쑤였다. 지금 생각해보면 스스로가 '별로인 존재'로 느껴지는 그 집단에 오래 머물고 싶지 않았던 것 같다.

뚝딱거리면서도 1년을 이어간 아르바이트를 그만두던 날. 마지막 근무 장소는 소극장이었다. 극장별로 공연 종료 시간이 달라서 대극장에 배치된 언니들과는 근무 전 미리 짧은 작별 인사를 나눴다. 아쉬운 마음이 들기는 했지만 한

편으로는 '서툰 서재경' 캐릭터를 드디어 벗어던질 수 있다는 홀가분함도 느꼈던 것 같다. 그렇게 마지막 공연이 끝나고, 유니폼을 갈아입는데 언니들이 내게 와 물었다.

"지금 다들 극장 근처 술집에 모여 있대. 같이 가자."

"죄송해요, 저 시험공부 해야 해서."

사실이었다. 바로 다음 날 전공 시험이 있었고, 나는 그동안 안내원들끼리 뭉치는 술자리에 한 번도 나간 적이 없었기에 별생각 없이 불참을 통보했다. 내 대답을 들은 언니들은 잠깐 침묵했다. 5초쯤 흐른 후 한 언니가 적막을 깼다. 대단히 체념한 말투로.

"그래, 너는 그렇게 살아."

언니들에게 끝인사를 하고 짐을 챙겨 지하철을 탔다. 무사히 집에 도착했고, 시험공부도 했다. 핑계가 무색하게도 다음 날 전공 시험은 망했던 것 같다. (전공 시험은 늘 망했으므로.) 그리고 시간이 한참 흐른 뒤 어느 날, 정말 어느 날 문득 알아차렸다. 나에게 술 마시러 가자던 언니들의 적막과 체념한 말투의 이유를.

'아, 내 송별회였구나.'

1년 내내 자책하고 긴장하느라 사람들과 거리를 두던 나는 그 자리의 의미도 모른 채 벗어나야겠다고만 생각했다. 그게 내 송별회일 거란 생각은 전혀 하지 못한 채로.

일 끝나고 늦은 시간 술집에 모여 나와의 작별 인사를 기다렸을 언니들을 생각하면 아직도 미안하다. 기다렸는데도 내가 오지 않았다는 사실을 알고 얼마나 허탈하고 분노했을지(!)를 생각하면 더 미안하다. 덜 자책하고, 덜 긴장하고, 덜 거리를 뒀더라면 어쩌면 언니들과 나는 여전히 좋은 인연으로 연락을 주고받고 있을지도 모른다. 가끔 밥도 먹고 술도 마시면서. 1년 동안 적어도 일주일에 두세 번씩은 얼굴을 봤던 사이니까 충분히 그럴 수도 있었다. 그런데 나는 그 인연을 스스로 놓쳤다. 나 자신이 별로라는 생각에 사로잡혀 다른 사람들과의 관계를 들여다볼 틈이 없었다.

어떤 사회에서 나는 서툴고 모자란 사람일 수 있다. 또 다른 사회에서는 그렇지 않은 사람일 수도 있고. 그런데 나는 전자의 사회에 속해 있을 때면 늘 '이들에게 완벽한, 좋은, 괜찮은, 멋진 사람이 될 수 없다면 아예 관계를 차단해버리자!'라는 바보 같은 생각을 했던 것 같다. 완벽함까지는 몰라도 좋은, 괜찮은, 멋진 사람 정도는 노력해서라도 되어볼 수 있었을 텐데. 이미 엉망이라고 단정 지어버리고, 관계를 더 돌보거나 개선하려는 시도조차 하지 않고 회피해버렸던 거다. 나의 회피는 알게 모르게 많은 사람들에게 상처를 줬을 거고.

그 이후로도 수많은 사회에 소속되고 벗어나기를 반복하는 중이다. 어떤 사회에서 나는 변함없이 서툴고 모자란 사람이다. 실수도 잦고, 종종 사고도 친다. 그러나 이제는 내가 마법처럼 한 번에 괜찮은 사람으로 보일 수 없다는 걸 이해한다. 느리더라도 나름의 방식으로 별로인 나를 개선하려는 노력도 조금씩 해본다. 적어도 도망친 나로 인해 '재경 없는 재경 송별회'가 두 번 다시 일어나지 않도록. 어쩌면 좋은 인연이 됐을 수도 있는, 내 송별회에 참석해준 언니들의 얼굴을 하나둘 떠올리며 말이다.

친분이 꼭 시간에 비례하는 건 아니다

웬만한 것에는 관대한 편인데, 유독 친분만큼은 엄격하게 계산하는 습관이 있다. 친분은 시간에 비례한다고 믿기 때문이다. 내 친분 셈법은 이렇다.

'친분 = 만난 횟수 × 알고 지낸 시간'

그래서 내 계산법을 뛰어넘어 갑자기 누군가가 가깝게 다가오면 일단 경계부터 했다. 오래 보고, 서로 잘 알아야 친하다고 말할 수 있는 거 아닌가? 알고 지낸 지 얼마 되지 않았는데 너무 자주 연락하거나, 계속 만나자고 하는 사람들은 늘 부담스러웠다. 가는 게 있으면 오는 것도 있어야 관계가 지속되는 법인데, 아직은 이르다 생각하며 좀처럼 뭘 돌려주지 않는 내 태도에 주변 사람들은 지쳐 나가떨어졌다. 그러다 보니 내가 친하다고 말할 수 있는 바운더리 안에는 최소 10년 지기의 친구들뿐이었다.

A 선배는 전 직장 동료다. 우리는 같은 날 입사했고, 비슷한 시기에 퇴사했다. 밤샘 마감을 할 때면 선배와 회사 근처 편의점에서 소시지를 사 먹고는 했다. 취재하다가, 촬영하다가, 원고 쓰다가 열받는 일이 생길 때면 서로를 회사 건물 지하로 소환했다. 주차장으로 가는 길목의 벤치에 앉

아 분노 성토대회를 연 뒤, 다시 한 명씩 엘리베이터를 타고 사무실로 돌아가 아무 일도 없던 척 마감을 했다. 숨 막히는 회사 생활에서 선배는 나의 숨구멍이자, 의지할 수 있는 몇 없는 존재였다. 선배와 친하다고 생각하기는 했다. 회사 안에서는. 그러니까 우리의 친분은 '우정'보다는 '동료애' 카테고리에 가깝다고 느꼈던 것 같다.

그날도 어김없이 나와 선배는 마감에 치이고 있었다. 그리고 마감에 치일 때면 야식이 당기는 법. 야심한 시각, 우리는 햄버거 세트를 배달시켰고 익숙하게 회의실로 모였다. 반으로 찢은 종이 포장지에 감자튀김을 와르르 쏟아 케첩에 찍어 먹으며 수다를 떠는 게 마감 때 누릴 수 있는 유일한 낙이었다. 어쩌다 대화가 그리로 흘러갔는지 기억나지는 않지만 그날 수다 주제는 '여행'이었다. 각자가 다녀온 여행지에 대해 한참을 자랑하다가, 일본 얘기가 나왔다. 한동안 도쿄에 살았던 선배는 그곳에 대해 누구보다 잘 묘사했다. 절로 "하, 도쿄 여행 가고 싶네요."라는 소리가 나올 정도로.

"나중에 같이 가요."

한참 집중해서 도쿄 얘기를 듣고 있던 나는 뜻하지 않은 선배의 말에 살짝 당황했다. 그러고는 "어, 네… 네…."라며 대답을 얼버무리고 말았다. 고장 난 AI 스피커 같은 나의 리액션에 선배는 웃으며 말했다.

"너무 당황하는데?"

맞다. 솔직히 좀 당황스러웠다. 그때가 선배와 알게 된 지 3개월쯤 되었을 무렵이었다. 나의 엄격한 친분 셈법에 따르면, 여행을 같이 가는 사이가 되려면 적어도 3년은 알고 지내야 했다. 회사라는 극한 환경(!)에서 만나 선배와 내가 빠르게 가까워진 건 맞지만, 그건 말 그대로 '회사 안에서'만 유효하다고 생각했다. 회사라는 공통분모 없이도 선배와 볼 수 있을까? 나는 또 그렇게 속으로 선을 그었다.

그런데 그로부터 정확히 3개월 뒤, 나는 선배와 도쿄 긴자 거리를 걷고 있었다. 그날의 대화 때문이었을까. 우리의 연말 휴가 목적지가 우연히 도쿄로 겹쳤고, 출발은 따로 했지만 여행 일정의 일부를 함께하기로 했다. 도쿄 핫 플레이스를 꿰고 있는 선배를 따라 70년 된 칵테일 바, 일본쌀로 만든 식료품과 가정식을 파는 식당, 큐레이션이 훌륭한 서점 등을 부지런히 둘러봤다. 식빵과 버터, 심지어 오븐 종류까지 하나하나 골라야 하는 독특한 토스트 카페는 선배가 데리고 가지 않았다면 절대로 가보지 못했을 곳이다. 여행은 아주 만족스러웠다. 선배와 함께 긴자 거리에서 타코야키를 사 먹으며 생각했다.

'와, 정말 선배랑 일본 여행을 왔네?'

고작 6개월, 그것도 회사에서만 알고 지낸 선배와의 여행이 이렇게 어색함 없이 자연스러울 수 있다니. 여행 오기를 참 잘했다는 생각을 했었다.

최근에는 선배와 제주도 여행을 함께했다. 여러 이유로 둘 다 오랜만에 여행길에 오른 참이었다. 우리는 김녕 근처에 숙소를 잡고 사흘을 함께 보냈다. 아침에 같이 바다를 산책하고 매일 일몰을 봤다. 어느 한적한 바닷가에 돗자리를 깔아놓고 맥주 한잔하며 피크닉도 즐겼다. 내내 즐거운 시간이었고 덕분에 일상을 살아낼 힘을 한 3개월 치 정도는 얻을 수 있었다. 서울에 돌아와서도 우리는 한동안 제주 얘기를 했고, 언젠가 떠날 다음 여행을 약속했다. 어느덧 내 여행 메이트가 된 선배. 나는 선배 덕분에 시간에 비례하지 않는 친분도 있다는 걸 알게 됐다.

그동안 얼마나 많은 관계의 끝을 미리 단정해왔는지 모른다. 이러다 얼마 지나지 않아 안 보게 될 사람이라고, 어차피 연락 끊기고 말 텐데 괜히 힘 빼지 말자고. 새로운 인연에게는 내가 줄 수 있는 것의 딱 50퍼센트 정도만 마음을 내어줬다. 내 셈법에 맞지 않게 넘치는 마음을 주는 사람들을 불편해하기도 했다. 그렇게 바보 같은 계산을 하는 동안 버티지 못하고 내 곁을 떠난 좋은 사람들, 그들이 이제야 아깝다. 조금만 더 마음을 줄걸. 준다고 닳아 없어지는 것도 아닌데. 설사 정말 내 예상처럼 금세 연락이 끊길지라도, 연락이 닿는 동안은 최선을 다해 마음을 줘볼걸.

며칠 전 A 선배한테 메시지 한 통을 받았다. 내가 지난번 선배 집들이 선물로 준 요거트 볼을 새로 들인 반려식물 화분으로 쓰니 딱이라는 내용이었다. 집들이에 초대를 받아 선배 집에서 한 밤을 자고 올 만큼, 공들여 고른 선물을 주고받을 만큼, 굳이 꼭 알리지 않아도 될 일상을 나눌 만큼 선배와 친분이 쌓인 것이 이제는 기쁘고 고맙다.

물론 앞으로도 나는 새로운 누군가를 만날 때 또 친분을 셈하게 될지도 모른다. 하지만 그 공식이 늘 맞는 건 아니라는 걸 알았으니 괜찮다. 변수가 개입될 여지를 있는 힘껏 환영할 예정이다.

우리는 각자의
편집본 속에 산다

남동생은 초등학생 때 호주로 어학연수를 다녀왔다. 어학연수라고 말하기도 민망한 한 달짜리 초단기 코스였다. 내색한 적은 없으나 그때 나는 동생이 되게 부러웠다. 3년 더 산 나보다 빨리 해외를 가보다니. 내가 아닌 동생에게 먼저 그런 기회를 준 엄마 아빠에게 섭섭한 마음이 들기도 했다. 영어도 내가 더 잘하는데! 국제 전화를 걸어 안부를 물을 때마다 동생은 이상한 호스트 패밀리를 만나 카레만 먹고 있다고 투덜거렸지만 나는 그마저도 부러웠다.

20대 초반에는 그런 부러움이 종종 분노(!)로 바뀐 순간이 있었다. 대학 4년 내내 외박 금지였던 나에 반해 동생에게는 그 룰이 적용되지 않았기 때문이다. 밤새 친구 집에서 술을 마시고 다음 날 들어오는 동생을 보면 속에서 천불이 났다. 나는 항상 술자리가 무르익어 막 재미있어질 무렵 엄마 아빠의 부름을 받고 막차를 탄 채 집으로 돌아와야 했는데. 그래서 야심한 시각에 벌어지는 학과 친구들의 흥미진진한 야사를 다 놓쳤는데. 몇 년 후 보란 듯이 외박을 일삼고 다니는 동생을 보며 신데렐라로 살았던 지난날이 매우 억울하게 느껴졌다. 동생에게만 관대한 부모님에게 항의도 해봤지만 돌아오는 답은 "그런 적 없다."였다. 내가 "뭘 그런 적이 없어!"라고 분노해도 엄마 아빠는 꼭 청문회에서 추궁을 당하는 정치인처럼 모르쇠로 일관했다.

이런 불만이 하나둘 쌓여 어느 순간 이런 결론에 다다랐다. 나는 차별받고 있다! 한껏 예민해진 나의 레이더에는 모든 상황이 확대되어 잡혔다. 괜히 엄마가 동생 앞에만 맛있는 반찬을 놔주는 것 같고, 동생 밥만 더 예쁜 그릇에 담아주는 것 같고. (그렇다. 먹는 것 앞에서 내 레이더는 유독 더 날카로워졌다.) 그런 날에는 괜히 센치해져서 과거를 곱씹어보다가 '그래, 그때 그것도 차별이었네. 맞네, 맞아!' 하며 엄마 아빠에게 섭섭했던 일을 일부러 쑤시고 들추어냈다.

그렇다고 내가 부모님과 사이가 좋지 않았느냐 하면 그건 아니다. 또래들에 비해 엄마 아빠와 가깝게 지내는 편이었고 특히 엄마와는 집에서도 밖에서도 같이 시간을 보내는 일이 잦았다. 여느 때처럼 그날도 엄마와 함께 백화점에서 쇼핑을 하고 있었다. 우리의 주특기는 아이쇼핑. 2층 영캐주얼 코너에서 내 옷을, 3층 여성복 코너에서 엄마 옷을 실컷 구경하다가 집에 가려는데 엄마가 말했다. 올라가서 이불 좀 보자고, 재영이(동생) 이불이 다 해졌다고.

'따라오지도 않은 서재영 이불은 왜 사주는데!'

난 괜히 또 뾰로통해진 마음을 품은 채 엄마를 따라 8층 생활 코너로 올라갔다. 한참을 여기저기 둘러보던 엄마는 이불 한 채를 골라 결제했다. 그때 엄마가 했던 말을 잊을 수가 없다.

"재영이 이불 처음 사주는 것 같아."

생각해보니 진짜 그랬다. 나는 어려서부터 피부가 예민하고, 아사면이나 모달로 된 이불만 덮는 등 이불 취향도 까다로운 편이라 철철이 엄마가 새 이불을 사주고는 했다. 그때마다 내가 덮던 헌 이불은 동생의 몫이 됐다는 걸 그제야 깨달았다. 괜히 동생에게 조금 미안해진 나는 이불을 사 들고 집에 오자마자 호들갑을 떨었다.

"너 새 이불 생겨서 좋겠다?"

그랬더니 동생은 예상치 못한 답변을 내놨다.

"난 헌 거 쓰는 거에 익숙해서 별로. MP3랑 PMP도 매번 물려받았잖아. 살면서 신제품을 써본 적이 없어!"

동생의 새초롬한 말투에 나와 엄마는 깔깔 웃었다. 맞는 말이었다. 한참을 웃고 나서 생각해보니 정말 그랬다. 나는 늘 동생이 나보다 더 많은 걸 누리며 자랐다고 굳게 믿고 있었는데 꼭 그런 것만은 아니었다는 걸 처음으로 인지한 순간이었다.

이불 사건 이후로 내가 엄마 아빠한테 가졌던 섭섭한 마음은 결국 내 시각에서 편집된 결과물이었다는 걸 인정할 수밖에 없었다. 편집된 프레임 밖 동생의 입장은 어땠는지 나는 알지 못한다. 동생도 나랑 똑같이 섭섭하고 속상했던 순간들이 있었겠구나, 뒤늦게 짐작만 해볼 뿐이다. 이런 게 형제의 숙명이라면 숙명인 거겠지. 그러나 문제는 앞으로도 나는 계속 내 입장에서 편집된 결과물만 보며 살 거라는 거다. 내가 직접 동생의 입장이 되어보지 않는 한 동생의 삶을 100퍼센트 이해하는 건 영영 불가능하다. 그 대상이 동생이 아닌 다른 누가 되어도 마찬가지다. 나는 오직 내가 보고 느낀 것만 이어 붙여 나만의 편집본을 만들 수밖에 없고, 그 편집본을 돌려 보며 나만의 감상에 젖어 살겠지.

그렇지만 이제는 적어도 그런 순간에 상상력을 발휘할

수 있는 사람이 되고 싶다. 내가 없던 시간, 내가 미처 보지 못한 장면을 상상할 수 있는 사람. 최근, 몸도 마음도 지쳐 주변 사람들이 더 이상 사랑스럽게 느껴지지 않던 순간에 이런 상상을 몇 번 시도해보았는데 효과가 꽤 괜찮았다. 특히 '나만 힘든 것 같아.' '나만 억울한 것 같아.' '나만 바쁜 것 같아.' '나만 속상한 것 같아.' 같은 부정적인 생각으로 머리가 꽉 찰 때 시도해보면 좋다. 상상 끝에 '나만' 그런 건 아니라는, 덜 속 좁은 결론에 도달할 수 있기 때문에.

이렇게 자꾸자꾸 상상하다 보면 지금보다는 좀 더 마음 넓은 사람이 될 수 있지 않을까. 요즘 어깨가 넓어졌으면 하는 바람으로 PT를 꾸준히 받고 있는데 마음도 넓어질 수 있게 나 홀로 ST(상상 트레이닝)도 부지런히 실천해봐야겠다.

누구나 가슴속에
칭찬 하나쯤은 품고 산다

프로이트는 인간의 발달 단계를 구강기-항문기-남근기-잠복기-생식기 총 다섯 단계로 구분했다. 그러나 나는 여기에 한 단계를 더 추가하고 싶다. 바로 '영재기'다.

우리는 어릴 적 누구나 "얘 영재 아니야?"라는 부모님의 오해를 거치며 자랐다. 나 역시 한때 엄마 아빠에게 거짓된 희망을 심어줬다. 첫돌 무렵, 나는 걷기도 전에 말부터 깨쳤다고 한다. 걷지도 못하는 애가 앉아서 조잘조잘 말을 하니 부모님은 내가 '언어 영재'가 아닐까 하는 기대를 품었다.

남들과 발달 단계가 조금 달라서 생긴 오해는 내가 두 세 살이 될 무렵까지 계속됐다. 하루는 엄마가 볼일이 있어 나를 데리고 서울역 근처에 간 적이 있었단다. 요즘은 문화공간으로 사용되지만 당시 서울역 구역사 앞에는 큰 광장이 있었다. 호기심 많던 어린이는 엄마 손을 잡고 뒤뚱거리는 걸음으로 그 광장 여기저기를 돌아다녔겠지. 그렇게 한참을 놀던 약 3세의 서재경이 눈앞에 모여 있는 생명체를 보며 이런 말을 했다고 전해 내려온다.

"해오라기다, 해오라기!"

몸길이 35센티미터가 넘는 중형 조류를 어떻게 서울역 광장에서 목도한 거냐고? 사실 내가 '해오라기'로 부른 그 생명체는 요즘도 흔히 볼 수 있는 '비둘기'였다. 아마 엄마와 함께 읽었던 '조류 도감'에 비둘기는 없었던 모양이다. 웃긴 건 엄마는 이 상황에서마저 '영재 필터'를 낀 채 나를 바라봤다는 거다. 내가 비둘기를 해오라기로 오해했다는 사실은 뒤로한 채 '어머, 어쩜 애가 '해오라기'라는 단어를 외워? 얘 천재 아니야?'라고 생각했던 거다. 좀 더 커서 내가 받아쓰기 시험에서 100점이라도 받아 오는 날이면 엄마는 해오라기 에피소드를 다시 들려주며 나를 칭찬해주었다.

"역시 너는 떡잎부터 달랐어."

칭찬을 먹고 자란 나는 유년 시절 내내 내가 언어에 대단한 재능이 있는 줄 알았다. 그 착각에 땔감을 더해 불을 활활 지펴준 분은 초등학교 3, 4학년 담임선생님이었다. 어쩌다 보니 2년 연속으로 같은 담임선생님과 한 반에 배정됐는데, 선생님은 우리에게 매주 한 편씩 글을 써 오는 숙제를 내주셨다. 애들이 원고지 공책에 연필로 글을 써 오면 선생님은 늘 빨간 펜으로 감상문을 남겨주셨다. 나는 그 감상문을 보는 게 즐거워 다른 건 몰라도 글 쓰는 숙제만큼은 열심히 해 갔던 기억이 난다. 항상 '재경이 글은 참 재미있다'는 칭찬을 해주셨으니까. 선생님 덕분에 글쓰기에 흥미가 생긴 나는 2년 내내 교내 글쓰기 대회에서 대상을 받고, 글 잘 쓰는 애들만 모인다는 엘리트(?) 클럽인 '전교 문예부'에까지 입성할 수 있었다.

그러나 '언어 영재'인 줄로만 알았던 나는 해가 지날수록 평범해졌다. '통일'을 주제로 논술을 써보라는 전교 문예부 숙제에 '만약 통일이 됐더라면 내가 이런 글을 쓰지 않아도 됐을 텐데!'라는 신박한 주장을 펼친 것을 기점으로 나의 영재 서사는 삐끗하기 시작했다. 그 후로도 그다지 뚜렷한 두각을 보이지 못하다가 고등학생이 되어 처음 치른 모의고사 언어 영역 결과를 보고 번뜩 깨달았다. 성적표엔 3등급이 찍혀 있었는데, 그 점수가 형편없다고 생각하진 않지만 확실히 영재가 받을 점수는 아니었기에. 그렇게 성인이 되기 전 나의 영재 서사는 허무하게 막을 내렸다.

평범하디평범한 실력으로 내가 어쩌다 글 써서 먹고사

는 에디터를 직업으로 갖게 된 건지 모르겠다. 확실한 건 이 일을 하며 내가 평범하다는 걸 더욱 뼈저리게 느끼고 있다는 거다. 세상엔 글 잘 쓰는 사람이 너무 많고, 그들의 빛나는 문장을 읽으며 나는 자주 쓸쓸해진다. 이따금씩 글이 너무 안 써질 때면 이런 생각도 한다. 글 잘 쓰는 걸로 순위를 매기자면 나는 전 세계에서 967,598,701등쯤 하지 않을까 하고. (10억 등을 넘기지 않은 건 마지막 자존심이다.)

내가 967,598,701등임에도 계속 글을 쓸 수 있는 건 어린 시절 엄마와 선생님으로부터 받았던 칭찬을 가끔 주섬주섬 꺼내어 보기 때문일지도 모른다. 그럼 신기하게도 위축된 마음이 조금씩 펴지고는 한다. 배터리 충전되듯 자신감이 칸칸이 채워지는 느낌이랄까. 걷기보다는 말을 빨리 깨우쳤던 나, '해오라기' 같은 어려운 단어도 척척 외웠던 나, 글이 참 재미있다는 선생님의 감상평을 받았던 나도 어쨌든 나긴 나니까. (비록 아주아주 어렸을 적의 얘기긴 하지만.) 그렇게 과거의 한 장면 속 조금은 잘났던 나를 꺼내 보면, 그래도 스스로가 아주 별로는 아니라는 생각이 든다. 옛날 얘기 자꾸 꺼내면 꼰대라지만, 옛날 얘기로라도 나를 지탱

해야 하는 날엔 그냥 꼰대 좀 되고 말지, 뭐.

때때로 아주 별거 아닌, 어쩌면 건넨 상대는 기억도 하지 못할 정도로 소소한 칭찬 하나가 우리를 지치지 않게 보살펴주는 역할을 하기도 한다. '언어 영재 서재경 에피소드'처럼. 아마 나는 앞으로도 그때 받은 칭찬을 내내 가슴속에 품고 살 것 같다. 그리고 시험에 들 때마다 그때의 칭찬을 동력 삼아 계속 글을 써나가겠지. 칭찬을 가슴속에 품고 다닌다는 건, 겨울철 붕어빵 값 3천 원을 품고 다니는 것만큼이나 따뜻한 일이다.

괜찮지 않은 날들 덕분에

돌이켜보면 큰 탈 없는 유년 시절을 보냈다. 운이 좋았다고 생각한다. 가족, 교우 관계, 학업. 그 나이 대 아이들에게 치명타를 줄 수 있는 요소들 때문에 마음 상했던 일이 딱히 없었다. 우리 가족은 여느 가족처럼 토라지고 싸울 때도 있었지만 대체로 화목한 편이었다. 엄마 아빠는 말이 통하는 분들이었다. 아주 많은 친구가 있었던 건 아니지만 그래도 늘 '친하다'고 말할 수 있는 또래들이 주변에 있었다. 두각을 나타낼 만큼 공부를 잘하진 못했지만, 그래도 중상위권은 유지했다. 엄청나게 좋은 일이 가득했던 건 아니지만 그럭저럭 괜찮은 날들이었다.

다만, 괜찮았기에 나는 나를 잘 몰랐다. 내가 굳이 핸들을 잡지 않아도 알아서 굴러가는 차를 탄 느낌이었다. 차를 어떻게 작동해야 하는지 전혀 알지 못한 채로 주행을 시작한 거나 마찬가지였다. 분명 편안하긴 했다. 눈을 감고 좀 졸아도, 멍 때린 채 창밖만 보고 있어도 차는 어떻게든 굴러갔으므로. 그래서 내내 달리던 잘 닦인 길을 벗어나게 됐을 때, 당황스러웠다.

20대가 되면서 그럭저럭 괜찮다고 생각했던 삶에 실패

라고 부를 만한 경험이 쌓이기 시작했다. 나한테 찾아올 줄 몰랐던 크고 작은 불행들도 갑작스레 닥쳐왔다. 어떤 일에도 잘 동요하지 않는 멘털을 갖고 있다고 생각했는데… 그건 '괜찮은 날'을 살아온 덕분이지, 내 멘털이 좋아서가 아니란 걸 뒤늦게 알았다. 나는 작은 진동에도 멘털에 금이 가고 또 어떤 날은 멘털이 아예 와장창 깨지기도 하는 평범한 사람일 뿐이었다.

울퉁불퉁한 길을 맞닥뜨리기 전까진 정말 아무것도 몰랐다. 이를테면 멈춰야 하는 순간에는 브레이크를 밟아야 한다는 것, 양 갈래 길이 나왔을 때 어디로든 핸들을 꺾어야 한다는 것, 눈이 오면 바퀴에 스노 체인을 달아줘야 한다는 것처럼 기본적인 작동법이나 관리법도 알지 못하는 셈이었다. 심지어 차에 경유를 넣어야 하는지, 휘발유를 넣어야 하는지조차 몰랐다고 할 수 있겠다. 나는 우왕좌왕했고, 차는 계속 덜컥거리는 기분이었다.

평평한 길들만 달려왔기에 몰랐던 것들을 나는 늦게나마 하나씩 배워가야 했다. 스스로 핸들을 잡고, 주유소가 보일 때마다 내 차에 맞는 기름을 주유해주고, 비가 오거나 눈이 올 땐 그에 맞는 대응을 하며, 양 갈래 길이 나왔을 땐 당황하지 않고 방향을 트는 법을 말이다. 그러기 위해서 끊임없이 생각하고, 끊임없이 고민하고, 끊임없이 나를 돌보는 시간을 가질 수밖에 없었다.

이전과 비교하면, 나는 괜찮지 않을 때가 많다. 심지어 가끔은 내가 세상에서 제일 불행한 사람이 된 것 같다는 자기 연민에 빠지기도 한다. 그러나 분명한 건 괜찮지 않아서, 1차선 도로였던 내 삶이 4차선, 5차선 도로로 훨씬 풍요로워졌다는 거다. 나는 괜찮지 않을 때 나를 위로하고 돌봐줄 방법이 뭔지 이제는 어느 정도 터득하고 있다. 걱정스러울 땐 어떻게 하면 좋을지 마음을 다잡는 법도 몇 가지쯤은 준비해뒀다. 불행이 가져다준 의외의 소득이랄까.

몇 년 새 꽤 많은 취미와 취향도 생겼다. 괜찮지 않을 때 나를 덜 불행하게 만들어줄 취미와 취향을. 필름 카메라를 샀고 홍차를 마시기 시작했다. 사실 필름 카메라는 몇 롤 찍다가 코로나가 닥치는 바람에 제대로 인화도 못 해보긴 했다. 그래도 가끔 산책할 때 가지고 나가서 오래된 슈

퍼마켓이나 좁은 골목을 찍고는 한다. 홍차는 하루에 거의 한 잔씩 마시고 있는데 나름의 선호가 생겼다. '아이리시 몰트'라는 이름의 위스키가 가향된 홍차를 좋아하게 된 거다. 밀크티를 만들 때 잘 우린 홍차에 우유를 부으면 생기는 모양을 '우유 구름'이라 부른다는 것도 알게 됐다. 이 말이 너무 귀여워서 한동안 밀크티를 자주 마셨다. 비록 인센스에 적응하지는 못했지만, 티 라이트를 사고 향초 피우는 걸 즐기기도 한다. 밤에 티 라이트의 은은한 조명만 켜두고 블랙베리 향이 나는 향초 냄새를 맡고 있으면 마음이 편안해진다. 여러 개의 보디로션을 사용해본 끝에 내가 제일 좋아하는 궁극의 '자몽향 보디로션'도 찾았다. 그냥 맛있다고 먹던 떡볶이도 여기저기에서 사 먹어본 끝에 내 혀에 딱 맞는 가게를 발견했다. 어디인지는 비밀이고, 결론은 나는 쌀떡파라는 것!

나쁜 일이 꼭 나쁜 일이기만 한 건 아니다. 불행은 나에게 불행만 가져다주지 않았다. 매일이 괜찮았다면 나는 아마 조금 더 행복해지려는 노력조차 하지 않았겠지. 괜찮지 않은 순간, 나에게 뭘 해줘야 할지 미리 알아두기 위해 조금은 부지런해진 것도 같다.

아마 앞으로도 나에게는 크고 작은, 불행이라 부를 만한 일들이 닥쳐올 거다. 물론 안 그랬으면 좋겠지만 욕심이겠지. 그래도 다행인 건 이제 나는 핸들도 잡을 줄 알고, 기름도 넣을 줄 알며, 어떤 기름이 나에게 맞는지도 전보다 잘 아는 사람이 됐다는 거다. 잘못 든 길에서 만난 낯선 풍경을 즐기는 법도 어느 정도 알게 됐고. 그러므로 익혀둔 방법을 앞으로도 열심히 써먹어가며 불행을 잘 다루는 사람이 되고 싶다.